白醫師回憶錄

時間魔術師 著

獻給所有——一線醫護、醫院醫事人員、書寫真相的勇敢作家

目次

序章

回憶我的一生，刻骨銘心莫過於住院醫師訓練時期。

二十九歲那年，我在首都歷史悠久的醫學中心擔任第三年住院醫師。上過無數夜班，依然不習慣內科加護病房。

剛跟同事交接班，「那床」就心跳停止，我請護理師聯絡主治、把太太扣來醫院。面對六神無主的家屬，我當場壓斷病人肋骨。卡滋卡滋、啪嘶啪嘶，隨著聲響變化，三十分鐘過去，我們宣布急救無效。主治醫師到來，描述團隊的種種努力、會診過的各科醫生、安排的許多檢查治療，並將家屬們帶到休息室安撫。

水珠撞擊窗戶玻璃。

首都的夜晚，暴雨滂沱、悶雷滾滾。

高聳深色建築的二樓，蒼白的牆壁環繞。皓亮的日光燈鎮壓任何一絲睡意。空氣中，屎氣、尿味、血腥，融合漂白水的辛辣，挑弄不得安寧的神經。遍布瘡痍的戰場上，針頭蓋、布巾、急救用具散落一地。加護病房正中央的電腦、一眼能環顧數位病人的位置，我坐著、填寫著死亡時間。

死亡診斷書上，死因寫末期淋巴癌。病人六個月前就因淋巴瘤轉移至顱內、壓迫腦幹，而神經性休克，急救用的葉克膜從那時放到現在。同仁訝異他走得突然，但想了幾種可能，很快就接受，氣胸把他帶走這件事，只有我心底明白……

前一晚跟以往無數個日子沒太多不同，病人放在脖子的頸靜脈導管需要更換。這次跟以往數十次也沒太多不同，感染的舊管路已經移除，我駕輕就熟地確認頸靜脈的位置，消毒完、鋪上無菌面、準備下針。

超音波螢幕黑漆漆的畫面裡，頸動脈微弱地跳動著，過多的體液把頸靜脈撐得鼓脹，我的針尖就在目標的頸靜脈旁。隨著呼吸器將氣體灌入，畫面裡白花花的肺臟在每一次充氣時擴張，擴張時從螢幕下方短暫出現，消氣時從螢幕中消失，規律地出現、消失，出現、消失。

「嘭，噓……嘭，噓……嘭，噓……」一次次灌氣又消氣，肺臟距離我的針尖最近不到二公分。

以往數十次我都讓針尖立即遠離、避免刺到肺造成氣胸。

這次我猶豫了。

腦幹壓壞、幾近腦死、淋巴癌已無藥可治。

葉克膜是無效醫療，早該放手，家屬沒人願意第一個開口。

醫療團隊則同情、不忍、耐心等待他們接受，一等六個月。

臨終過程就這樣拖延著。

他沒有思想、意識，只有疼痛刺激引起的神經反射。如果肺臟不慎碰到針尖，會不會是他的解脫？為數不多的葉克膜是他的煎熬，卻是其他人的救命資源。前一陣子，一位即將等到心臟移植的年輕人沒葉克膜續命，我們不敢說他怎麼錯過換心，沒告訴遺孀他曾經配對到心臟。

眾人的忙碌都空耗在這些事情上。

幾個月無意識的病人，突然不自主抽動一下，恰逢吸氣期灌氣，針尖短暫沒入代表肺臟的那一片雪白。幾下呼吸後，呼吸器警示聲響起。氣胸狀態下會出現的警示訊息顯示在呼吸器上。

我愣住。

然後甩開紛亂的思緒、鎮壓波動的心情，迅速執行植入導管的手術步驟。就當是他的選擇吧。

「小白醫師，你那邊還好嗎？需不需要幫忙？」聽到警示聲的麥學姊前來關切。麥學姊是資深護理師，照顧病人如兒女，將半生奉獻給醫院，來到跟我父母一樣的年紀。加護病房團隊仰賴她的機警和熟練，她也關心我們這些醫院裡的戰友。

「嗯，管子快放好了。」我回覆，呼吸器警示聲持續在我身邊鳴響。

「呼吸器怎麼突然響了起來？」

「他剛剛動了一下，可能跟這個有關？」我邊答覆邊繼續手上的動作，

「例行的胸部X光待會就要來照了吧？」

「你放完管子就差不多了，你動作快點。」反覆的警示聲震盪著所有工作

夥伴的耐心，引人煩躁，「唉，你看看！他在抗議啦，都六個月過去了，你們還一直折磨他，是你的話會想一條命這樣吊著嗎？很明顯他就該安息了，這樣對嗎？該放手了吧？有沒有跟家屬解釋？」

「有呀，每天說。但你也知道，我們能決定的有限。」我回答。「不然你來跟家屬說說看？」

「我說更沒用啊。你想想如果是你，只因為你的親人舉棋不定，護理師就要每天拿針戳你，這樣有意思？什麼時候要讓他解脫？」

「快了。」我簡短道。

放完管子，放射師剛好來照X光。

胸部X光還看不出特別的異常。但設定好的灌氣壓力不變之下，氣體經由肺的破洞漏到胸腔，胸腔內的壓力不斷累積，呼吸器灌氣量開始減少，那時我就知道，氣胸已逐漸形成。而所有醫療人員皆事務繁忙，看到灌氣量減少大概率會先把氣壓往上加，再觀察一陣子。

反反覆覆、一下又一下，呼吸器不斷把氣體灌入胸腔，經過整整一天，累積的氣壓將心臟血管完全壓扁，就算葉克膜也無法讓被緊緊按住的心臟跳動。

口袋傳來叮咚響，我從昨晚的記憶回到現實。掏出手機一看，是前一班的同事傳來訊息。

「小白，我聽說了，對不起，讓你一接班就壓胸急救，那床家屬還好嗎？剛剛交班忘了提，白天呼吸器一直響警示聲，但後來找人去看過就沒事了，不知道最後怎麼了？希望沒讓你忙到～～～可愛貼圖、可愛貼圖」

我瞭然點開視窗，幾句話敷衍過去，同事以為我很罩，但事實上我最清楚事件始末。

這床負擔實在太大，每天輸大量血液、調十多種藥物，所有人都快受不了了。若是拖到下週高官視察，還要做報告解釋為什麼他還沒出院，常有人被電在台上羞辱。

高官是政府的公共衛生專家，在醫界、政界擁有莫大權勢，屢次主導健保局點值調整會議，喜歡砲轟外科濫開刀、內科亂開藥、病人住院住太久出不了院、醫療資源如何如何被浪費……

沾滿鮮血的雙手，換無盡地獄的喘息。

名為治療，實為酷刑，閻羅驅使，鐵律箝制，我們竭力火烹不得安息的靈魂，作為心懷憐憫的小鬼，我狠心違規掐滅生命光輝。

一定要這樣？

敞亮的加護病房內，我疲憊地闔眼尋求靜謐，遙想十八歲的人生巔峰。盛夏尾巴的九月校園，教室裡聽白髮蒼蒼的教授講述全人醫療、醫學與人文，我隔壁坐著相處尚淺的女同學，宿營碰到小手記憶猶新，薰風飄散的汗香意亂情迷，烏黑髮絲搔紅熾熱的臉頰，銀鈴笑聲低語我們的秘密，思緒正狂飆著青春的肉體，沒聽上個世紀的醫學倫理。那時若是更專注，今日還會迷惘不？

久遠的記憶沒留下太多大一課程內容，但我知道心理正常的一般人肯定無法對無助弱者施暴，而病房裡所有醫師、護理師卻都習慣束縛患者四肢，違反本人意願，協力將鼻胃管插進掙扎喊叫的衰老人體，只因為半夜一通電話、天邊家屬一句話。

曾幾何時，步步走來，我也這麼自然地「不小心」？

六個月的葉克膜，是誰的需要、又是誰的想要？醫療的目的是什麼？治療的是人？顧的是床？

我當醫生是為了救人，救人什麼時候變成折磨人？

是什麼讓助人的現場變調？

種種念頭一閃而逝，我沒空思考不實際的問題，才剛上班就花三十分鐘壓完一床，我還要繼續上剩餘十一個半小時的漫長加護病房班……

小百科

壓斷肋骨
心跳停止時，按壓胸口是維持生命的急救措施，但是按壓胸口會造成肋骨骨折。

淋巴癌
白血球的癌症。當淋巴癌進展到無藥可治、近期內死亡已無法避免時，稱為末期淋巴癌。

腦幹、神經性休克
腦幹是生命中樞，位於頭顱內，透過神經網路維持人體生命徵象，一旦受損就無法維持心跳、血壓、呼吸、體溫等生命徵象。心跳、血壓不穩就會休克，腦幹造成的休克叫神經性休克。而腦幹受損大多很難恢復。

葉克膜

休克時維持生命的器材，一般很少使用超過二到四週，且不應使用於末期癌症病人，不然不但浪費急救資源，也造成臨終患者不必要的痛苦。

氣胸

指肺臟破洞，氣體從肺臟漏到胸腔的情況。若胸腔內氣體累積過多，巨大的壓力會擠壓到肺臟、心臟，阻礙肺臟呼吸、阻礙心臟供應全身血液循環。

頸靜脈導管

加護病房常用的器材，是由靜脈輸注許多藥物的唯一途徑，也有檢測人體的功能，但如果有感染疑慮，就需要考慮更換。

超音波螢幕

超音波儀器只要接觸皮膚，就可以利用超出聽覺範圍的聲波偵測人體內部構造，並將畫面呈現於螢幕上。肺或是手術過程置入的金屬器材，在畫面中是白的，其他都是偏黑的。

X光

利用透視人體的光線照相，可以將人體內部構造顯示在影像上，可用來診斷疾病，包括肺炎、肺塌陷、氣胸等等。

鼻胃管

放入人體的塑膠或矽膠製的管子，由鼻孔經過喉嚨、食道通到胃，由入口灌進營養補充品，可以代替無法吞嚥的患者進食。

第1章
鬼故事

盯著電腦螢幕裡，繁星閃爍的指示燈，我感到無力、反胃，不知道從何開始。每一指示燈代表一個數分鐘到一小時的任務，全都不是重要、就是急迫，而且在完成之前，還會被更急迫、更重要的新任務打斷。

稍早才住進來一位急性胰臟炎的青壯年男性，家屬還在加護病房外等待，就從他開始吧。疑惑地看了看電腦裡的紀錄，先後跟兩位攔下我的護理師交談，我走出加護病房沉甸甸的鐵門，喚著病患熊先生的名字。

熊太太的壯碩身軀直衝過來，雙手捧著懷裡的大肚子，到我面前後急煞，晃動一身新款孕婦裝。

「小心腳下。」我急忙示意她緩一緩。

「阿熊醒來了沒？」她急切地問。

「熊先生現在病情危急，我們先用麻醉藥讓他睡著，避免他妨礙治療。等病情穩定才可能嘗試讓他醒來、才能告訴你他多清醒，這至少是好幾天之後的事了。目前他來急診才六小時，能不能好轉都還難說。我瞭解你們擔憂的心情，病情上有什麼變化會盡快通知你。」

我流暢地回答每一位家屬在加護病房外劈頭問我的第一個問題，能不能清醒永遠是最關心的事。

接著我提出我的疑惑，「我想知道，你們為什麼簽放棄急救同意書？而且還拒絕洗腎？」

「就剛剛有人拿給我，問我要不要簽呀。你們醫院不是都宣導，不要增加無謂的痛苦？這些壓胸、電擊，我也覺得能不要就不要……」熊太太一臉茫然，不懂我詢問的意圖。

翻了一下手上資料，阿熊的年齡三十四歲，比我大一點，瞄了一眼太太那懷胎數個月大的肚子，我深吸一口氣。

阿熊的過去病史只有糖尿病和高血脂，而急性胰臟炎是急救後可以痊癒的疾病。可以痊癒的疾病，不適用放棄急救同意書，也不會這時討論善終。我是阿熊的話，會想要被救活。

「那洗腎呢？」我繼續問。

「阿熊被宣判糖尿病時就一直說不要洗腎，也不想要打胰島素針，我也覺得沒必要這麼辛苦……」

「你真的很瞭解他、很關心他！」我站到她身旁，輕拍她肩膀、將她帶到一旁的椅子坐下。

我可以感覺到熊太太對阿熊的關切，但有些概念可能需要花時間釐清。

「關於洗腎，我先說明一下，讓你參考。腎臟的功能是排除血中毒素、排出多餘水分，這些被排出來的毒素和水分合起來就叫做尿液。當腎臟失去功能、不製造尿液，用機器清除血中毒素和多餘水分的治療，俗稱洗腎，正式名稱是血液透析。如果我們希望把你先生救活，腎功能不足時就該洗腎，不然讓毒素和水分累積，會降低在加護病房存活的機率……」

腎臟完全失去功能時不洗腎的決定，相當於花數十天的功夫讓尿液累積在體內、緩慢邁向死亡，但自然是不必說這麼白，太直接可能引起反彈。

「所以，現在我們更瞭解洗腎了，你的想法呢？」我說。

「應該……沒這麼嚴重吧？」她問。

「應該是有這麼嚴重哦。」我溫和而堅定地回答，可以看出來，熊太太很不想面對。

她一臉為難。

「那腎臟有沒有可能好起來？」她問。

「這個問題很好，答案是，很難說。急性期過後有機會好起來，但短期內很難。急性期過後才要考慮的狀況屬於長期計畫，可以出加護病房再討論，現在我們只討論短期會面臨的問題。如果有需要，還是該洗腎。」

「沒有啊，那些毒素，影響應該還好吧？」她不放棄。

「其實影響很大……」

熊太太露出痛苦的表情，單純的臉孔上，五官歪曲成一團。

「可是阿熊說過不要洗腎，我覺得就尊重他的意願……」

掙扎一陣子，她還是給出讓我頭痛的決定，但也在意料之內。

「阿熊的意思是，不想要病情惡化到需要洗腎，還是如果不洗腎會活不了，他也一樣不願意洗？」我問。

問出口之前，我已經猜到答案。

「我不知道……」

其實，阿熊的想法不難猜。每一位糖尿病患者都會先被告知「高血糖」，相較於糖尿病的宣判，這樣的詞彙比較能被接受。畢竟，感覺起來僅僅是跟多數人相比「血糖偏高」，只要按時服用「降血糖藥」——也就是糖尿病藥——病情就能獲得控制。

然而，當他們開始探聽，探聽到的越多，就越不願意服藥。

許多鄰居朋友吃藥吃了一陣子，就開始每天打針、注射胰島素，然後慢慢腎功能惡化，最終腎臟完全失去功能，變得需要洗腎。

事實上，糖尿病的確是判決，一個克服心臟病、腎臟病、神經及視網膜病變的征途。越是不服藥，血糖控制得越差，病情就越可能進展到需要打胰島素針控制、越快進展到需要洗腎。而當患者靠洗腎才能維生時，他們都是配合的。

這些都該讓病患、家屬知道，但在加護病房現場，我只能挑重點講，沒空從頭說明。除了不洗腎的誤會，我還有放棄急救要解釋。

「所以說，我們不知道阿熊那樣說是什麼意思。他當然不想要走到洗腎這步，本來就沒有人會想要生病，然後餘生離不開洗腎，你也不希望，我也不希望，沒有人會希望。但如果不洗腎就活不了，大家都是願意洗的。現在，他可能需要洗腎才能存活，你的想法呢？」差不多了，我更直接地挑明。

「這樣喔？可不可以先看看，我考慮一下，過幾天再說？」熊太太一閃身，再次躲開我的直球。

「我確定一下，你希望我們把阿熊救回來，對吧？」我耐著性子，加護病房的治療分秒必爭，不可能讓她考慮幾天。

「當然呀！」

「好，那你聽聽看我的想法，他這次罹患『急性胰臟炎』，胰臟發炎進而引起全身劇烈反應。症狀是上腹痛、發燒、產生腹水、休克血壓低、腎臟衰竭不製造尿液、呼吸衰竭無法呼吸。很嚴重，但卻是一個可以完全康復的疾病，加上他這麼年輕，比別人更有機會。所以目前他不是『末期疾病』、不適用放棄急救，這張紙你先拿回去。我們的目標還是把他救回來，其他之後再討論，好嗎？而且現在不但無法脫離這些急救器材，十之八九還會腎臟失去功能，洗腎才可能度過眼前難關，我們一般不會在這個時候放棄，這張拒絕洗腎我也幫你作廢囉？」

接下來數分鐘，我半哄半騙地讓她取消放棄急救的決定。

「可是阿熊一直都說他不想要洗腎……」

然而不管我怎麼勸，她還是這句。想著堆積如山的事務在門的另一邊等著我，我也著急了。

「不洗腎但又要救起來有點不現實，而且你還希望他清醒。你確定嗎？如果因為不洗腎而救不回來，你可以接受？」

話才說完，我就察覺不妙。

「我不知道啦！你不要再逼我了！」熊太太臉一皺就飆出淚水來，「嗚嗚嗚，你這個醫生怎麼這樣啦？我就說我不要洗腎了嘛！」

太過迫切的語氣終於惹得她崩潰大哭。

沒有醫療背景、六小時前才把先生送來急診，現正經歷至愛躺在加護病房昏迷的晴天霹靂，她腦中肯定塞滿驚慌、恐懼、擔憂、焦慮，完全無法接納任何病情說明、或下決定所需的資訊，我都能理解。但我也不忍心看阿熊失去活命的機會。

我嘆了一口氣，道歉一聲後返回加護病房。

至親送醫的經歷不可能舒服，決策也必定挾帶創傷和痛苦，但家屬口中的這幾個字至關重要，決定一個三十四歲年輕人能不能活、家庭會不會破碎、加護病房資源怎麼被運用。她沒心思吸收，醫院環境也沒時間反覆說明，而其他重症病人的需求同樣刻不容緩，拖不得。

我沒想到會耗這麼久。

這裡每待一分鐘，加護病房每一位其他病人的檢查和治療就被延後一分鐘。

出來找熊太太前，護理師正跟我述說兩三位病人的變化，可能是感染沒得到控制、正在惡化，或出現新的敗血症。若不儘早評估、調整適合的抗生素，這些病患存活下來的機率及恢復日常生活的機會，也是每一分鐘都在下降。

我似乎看到死神得意地轉動時鐘的秒針，咯咯笑看病房裡的生命迅速消散。

衝回電腦前，我快速開立藥物，並打電話拜託藥局優先送藥。

然後，看著阿熊，我再次嘆氣。胰臟炎導致的腹水目測十公升，那顆碩大緊繃的肚子比孕妻的還大。阿熊被太太發現昏迷，先是被送到急診室，急診室初步處理後才把他轉送到加護病房給我照顧。急診室幫他灌注大量點滴救命，但運氣很差，點滴裡的水分沒有留在血管內維持血壓，而是積到肺、讓呼吸惡化到危及生命，而是積到腹腔變成腹水、讓肚子越來越大。尿袋仍然沒有一滴尿。身體內的毒素和水分需經由腎臟從尿液排出，尿液減少或完全沒有，顯示腎臟已喪失排水、排毒的功能。

我幫他的肚皮消毒後，在那顆肚子插上一根引流管。

血液裡的毒素、廢棄物、血漿成分穿透腹膜到腹腔形成腹水，經由腹水的引流管被大量排出。同時，從靜脈輸注的大量乳酸化林格氏液和新鮮血漿補充著血管內流失的體液。

最後的結果是毒素和廢棄物經由腹水排出，一同流失的水分、電解質及血漿成分則被平衡地補充回血管內。這樣的奇想，我稱之為「自體」腹膜透析（"autologous" peritoneal dialysis），怪異的醫療決定下，極不標準的治療。沒有文獻報導過，但能解決阿態的燃眉之急。

護理師們、麥學姊怒目瞪視著我，那一雙一雙灼灼的視線刺在我的後頸，我假裝沒看見，這樣又不是第一次。

上次我用這個方式維持病人數週不洗腎，她們也輪三班，日日夜夜來回搬數公升的點滴和腹水，數週不間斷。一桶一桶腹水如腥臭又營養的過夜湯汁，令人作嘔。處理醫療廢棄物的污物間，蚊蠅狂熱地舞動、縱情無序的盛宴。

最後病人的腎功能幸運地恢復了，護理師的下背和手臂也練壯了，我則徹底地在她們當中黑掉了。而黑掉之後更自由，更不用在乎被黑。

我心裡清楚她們的抗議有理，理想作法是說服家屬按照正規方式治療，而不是這樣濫用護理人力。

可惜事不在人為。

急性胰臟炎在標準治療下順利康復的不少，但也可以很嚴重，我遇過腸子泡在腹水裡破掉的，腹水從肛門流出、糞水從腹腔引流而出，家屬都不知道他們對自己的親人做了什麼。看熊太太焦急想救丈夫的心情和對不洗腎的堅持，阿熊離苦難的結束大概遙遙無期。不知道最後會是什麼結局？

我繼續忙著下一位病人，是一位在加護病房也住很久、因為插管和呼吸器使用而反覆肺炎的管太太。

電話撥通後，電話的另一頭傳來家屬的問候。彼此不是第一次交談，我直接進入主題。

「唯～管先生你好，你們也辛苦了，我知道你們壓力很大，畢竟管太太已經插管四個月，因為反覆肺炎而遲遲不能拔管、脫離呼吸器。」雙方寒暄之後，我停頓了一下，繼續道，「現在那根管子累積許多痰液、汙垢，孳生細菌，而每次呼吸都要經由那根管子，造成肺部感染治不好、無法拔管。之前跟你提過將這根管子拿掉、換成氣切管，氣切是請外科醫師幫忙做一個位於喉嚨的乾淨氣管造口，比現在這樣更不容易肺炎，更有機會脫離呼吸器。你們考慮得如何？」

插管指的是「插入氣管內管」，塑膠製的管子一端放進人體的氣管、一端接上呼吸器，可以代替呼吸衰竭的病人呼吸。因為清潔不易，一般一至三週就需要拔掉、或更換成氣切管。相關的各種細節，我們都跟管先生說明過很多次。氣管內管插太久的弊、氣切的必要及其利，他都清楚，卻遲遲不肯點頭。

我想到之前遇到一位病人，拖了七個月才做氣切，拿出來的氣管內管被大家傳閱，裡面的痰液是糞便的顏色。國人對氣切的抗拒，也許能排進全世界第一或第二？

「小白住院醫師，謝謝你的照顧，但可不可以再多給她一點時間？看過陣子能不能拔管？這樣也不用氣切了吧？」

「對，不過我好奇問問，只是想交換一下想法，互相理解對我們討論其他事情也有幫助……如果現在的病情已經不能拔管，為什麼過一陣子就可以？說得直接，你別介意。」

我沒繞太多彎，我任務多、時間少，而管先生是白手起家的企業主，很明事理，待人接物的經驗豐富，來往的都是同一時代裡傑出的成功人士。我們之間一直互動有禮、態度坦然。

「不會，我很高興可以跟你分享。就像你們說的，醫學有SOP，但醫療也有不確定性，對吧？同樣，我的經驗告訴我：世事難料。多觀察幾天，時間自然會告訴我們答案，我們家屬考慮這件事，也有一些緩衝空間。」

這件事明明已經考慮了四個月，再觀察幾天會有答案？我感到心累。

跟聰明人說話不需要多解釋，但他們學習快，我感覺像在辯論，也很費精神。

「你說得沒錯，醫療有不確定性，但就算每個人的身體不同，想要脫離呼吸器，還是做氣切才比較有可能，這已經在全世界無數人身上證實了，成為標準作法。如果不氣切，她的狀況卻在接下來幾天好轉，不會是無緣無故就這麼發生了，而是我們勞心勞力，使出渾身解數，再加上老天眷顧的結果。而做了氣切手術後，氣切管可以定期更換，比較容易脫離呼吸器，病情若有變化，隨時接回呼吸器就好。經過練習，她還可以開始講話，呼吸恢復得夠好，氣切管還可以移除、把氣切造口關起來。」

「我知道，氣切比較好，這些你們都講過，但氣切後呼吸器也可能脫離不了，她可能終身都要接著呼吸器維生。不要現在就宣判嘛！她才幾歲，你就要讓她人生變成黑白的嗎？」

我隱約感應到不妙，卻還是不自覺地、半放棄地做出最後嘗試。

「我不是要宣判，但這根管子放著、反覆造成肺炎，呼吸怎麼會好？呼吸不好怎麼脫離呼吸器？」

「什麼叫她呼吸不會好？你是醫生欸，你一個醫生怎麼可以講這種話？你就試試看能不能拔管嘛！」

管先生的心理壓力終於衝出忍耐極限，襲得我措手不及。

我暗叫吃虧，難怪過去四個月沒有人敢勸。

我不是這個意思，所有的努力不過是不忍心病患的氣切被拖延，讓病情不上不下，揮霍存活康復的機會。不說這些，我的工作可以更清閒。說實話有許多風險，我也都清楚。經驗早就暗示該點到為止，但陷入勸說節奏的我，沒來得及煞車。

今天也是運氣不佳，太心急了嗎？還是技巧沒到位？要不要下次細膩一點？還是乾脆以後都不要再提？

病人住進加護病房、命懸一線，家屬每天等待奇蹟、提心吊膽可能降臨的噩耗，壓力很大，我都理解，但影響病情的重要決定幾乎都需要家屬同意，醫護能改變的其實很少。整日對著糞色管路吸氣、吹氣，這些病人身上滿是我們跟肺炎聯手培養出來的抗藥性細菌。病程拖久了，我們不得不幫他們的身體多插上引流胸水的管子、給強心針的管子、洗腎的管子……，我覺得他們淒慘可憐。

為醫護帶來心理創傷的慘案，被我們稱為「鬼故事」，知道更多的醫護，有時候受傷比一無所知的家屬還深。類似的病例太多，我絲毫不想知道他們的結局、不敢追蹤病情進展。內科住院醫師每到月底就輪換到下一個單位訓練、累積診治不同疾病的經驗，換月就離開加護病房的我，慶幸終於逃出這個地獄。

次月的第一天是假日，自然醒的早晨，我洗完臉後面對鏡子，看到一個年輕人細細打量著我。他的長相不突出，但五官端正。濃眉大眼，鼻樑高挺，鼻頭一顆紅腫的青春痘看起來特別顯眼。蒼白的雙頰零星散布長短不齊的鬍渣，清澈水珠滑落光潔的臉龐，倦容不掩朝氣，堅毅和稚氣並存，至少是活人的臉，而不是做盡殘酷治療行為的惡魔。

提起精神展開回憶錄工作的此刻，對著窗戶上的倒影，我看到的是經歷滄桑的面容，許多生機流逝於在醫院工作的那些年華，掏空身體的付出卻常稱不上是在救人。

在醫院工作的那些年，第一線照料病人，前輩們教導，家屬比我們更瞭解病人的為人、生平心願，而且肩負照顧他們的責任，所以我們尊重家屬的決定。但看多了之後我開始懷疑，這樣真的對嗎？

有沒有人想過，被迫動手折磨人的醫護，都是什麼樣的心情？

那段折磨人的日子我常常想，我為什麼在醫院造孽？會不會有一天，輪到我因為身邊人的決定而受盡折磨？

尊重自主、讓病患和家屬依據充分資訊做決定，是現代醫學的顯學，但這個「醫病共享決策」觀念並不適用所有事情。許多國家的醫療保險制度，固然允許病患和家屬一定範圍內的自主，但也限制許多不合理、有危害之虞的決定不在體系內發生，例如美國人若不願意氣切、不遵守葉克膜使用規範，後續醫療費用將不再由醫療保險支付，將由家屬和病患承擔。

醫療決策本身就是一門複雜的專業，但若擁有決定權的是家屬和病患，承擔費用的無論如何都是醫院，健保則不一定認帳，會是好事？

制度沒有正確答案，應由社會凝聚共識，但我知道我國的醫療現場在當時的發展下越來越畸形。那些年的《安寧緩和條例》、《病人自主權利法》都是進步，卻沒觸及難解的根本問題。

擔任加護病房醫師之前，我也一直以為哪天我昏迷被送到醫院，一定是醫師依據專業給予我合適的治療。發覺事實完全不是這樣時，我很震驚。決定治療方向的竟是家裡那位沒有醫療背景，成天被大罵豬頭的先生，背後被嘀咕神經病的太太，逢年過節被叨念著不結婚、不成器的兒女。

最毛骨悚然的鬼故事莫過於：你的醫生就是你的枕邊人。

小百科

簽放棄急救同意書

當疾病在近期內進展到死亡已無法避免，稱為「末期疾病」。若簽署文件拒絕在末期接受壓胸、電擊、插管、強心針等緊急維生措施，可避免臨終前的無效醫療、或不必要的痛苦。

糖尿病

約十位國人，就有一人罹患糖尿病。糖尿病是身體負責控制血糖的荷爾蒙故障所造成的疾病，血糖偏高是這個疾病已經發生的結果。過高的血糖會傷害全身血管、神經、眼睛視網膜、腎臟。降血糖或使用胰島素才能延緩傷害。服藥習慣越差，腎臟受到的傷害越多、越快失去功能。當腎臟完全失去功能，就需要靠洗腎維生。

第2章
虛妄與真實

內科醫學會規定，內科住院醫師訓練期間，需要到精神科、神經科、皮膚科進修一定時數。據說，這些科別在古早的時代從內科分支獨立出去，但他們的學識和技術還是內科醫師非常需要具備的能力。

第一站我來到精神科。

高大的鐵門內布滿監視器，病房裡沒有一處死角，找不到一根繩索或一支尖銳物。醫護人員每一陣子都需要更新的話題是，病人又發明了什麼新穎的創意自殺方式。自從有人想到把口鼻浸入馬桶水試圖溺死後，整層樓的馬桶都換了一批。

長廊內，一位一位憂鬱症病人拖著沉重的步伐，周遭環繞低氣壓，頭頂上的烏雲雷電交加，如無底的黑洞從身邊的人類汲取快樂和正向。躁症病人則渾身充沛過剩的能量，艷陽般的熱情轟炸旁人的安寧。

病房裡五顏六色的情緒波瀾此起彼伏，醫護心情上的疲勞更勝身體，但這些氛圍卻意外地絲毫不影響我。本來就在病人和家屬極端而真實的情感中浮沉，我見識過的大風大浪太多，可能比這些病人更「不尋常」。

「醫生，你一定要相信我，我們所處的世界被列強和國安局操縱！新聞報導虛假的世界，網路上的資訊全是網軍，現在恐怖病毒正在擴散，只是國安局禁止我們檢驗，每天只讓你驗幾個人，病毒就可以偷偷擴散不被發現。我跟之前那些醫師說，他們都不相信，拜託你相信我！你們為什麼都不信我？」

美好的早晨，施伯伯目光清明、面色紅潤，身穿短袖襯衫和西裝長褲，正跟我訴說他的擔憂和焦慮。

我蹙眉思考，我該站在他這邊嗎？唱反調明顯無益，看來正確的回覆只可能是選擇贊同。

「我相信你！」

「咦？你相信？」

「對呀。」

「這才對嘛！你真是我見過最明理的醫師。」施伯伯望向我，滿臉溢著喜愛。

不是第一次遇到患者對我表示認同，但這次，我不知道該哭還是該笑。

「不過，你怎麼知道是國安局？」我繼續問。

「我感覺得到呀，你感覺不是嗎？」

「我感覺不是。」本來就沒國安局的事，這點我無論如何都不能認同。

「那你說說看是誰？」

「是疾病管制局的小編。」

施伯伯錯愕地瞪著我。

「什麼是小編？」

他罹患思覺失調症，妄想內容豐富，但網路和社群媒體的名詞還是屬年輕人的我們懂得多。

「小白醫師！讓你練習會談，不是讓你跟病人亂聊天！」

精神科總醫師訓斥我。

她哭笑不得地教導，「精神科會談主要是讓你學習瞭解病人的內心世界，藉由尋找精神科症狀確立診斷、評估治療效果。」

「是的，」我不好意思地說，「下次會注意。」

「看你如魚得水，下午這個新病人給你接，女高中生，過去一切健康，沒有家族史，這次因為妄想症從急診住院。」

我看了一下，急診把所有排除身體疾病的檢查都做完了。甲狀腺功能和各項抽血檢查都正常。這次是咬定父親意圖性侵她，被雙親送來急診。鬼鬼祟祟的行為、不斷飄移的眼神已經兩週。

「思涵，」我喊著妹妹的名字，試著把自己當成她的夥伴。「現在父親不在這裡，你有沒有感覺安全許多？」

「有一點。」她羞怯地回答。

那嬌小的皮囊沒經歷過風霜，但本應洋溢青春和幹勁的身軀因為恐懼不安而畏縮。春夏之交的季節，她身上裹著厚重的冬季運動校服卻仍不時顫抖。那惶恐的神情、憔悴的儀容，令人看得於心不忍。

「爸爸怎麼了？」我開始引導。

「他的眼裡全是邪念，我怕他侵犯我，晚上都不敢睡。」

「晚上都沒睡很無聊吧？有沒有什麼人陪你聊天？」

「有個男子。」

「他都跟你說什麼？」

「他提醒我要小心父親。」

「你見過他嗎？」

「沒有，黑暗中看不到。」

「那你看到什麼？」

「看到光球一直飛進我身體、然後消失。」

「光球飛進來，會有什麼感覺嗎？」

「不小心睡著會感覺有人摸我、下面熱熱硬硬的東西插進來，很痛！每天身體都很不舒服，我真的很害怕，嗚嗚……」她開始啜泣。

我連忙安撫，遞上衛生紙時，保持著一個手臂的距離。永遠都不能忘記，有妄想症和幻覺的病人是危險的，幻想中的人可能會唆使她傷害人。

症狀主要是被害妄想，搭配視幻覺、聽幻覺、體幻覺，身體上的症狀則是偶而全身微微發熱、頭暈、頭痛、疲累，問完病史後我完成病歷，等主治醫師查房。

對於思涵的病情，主治醫師若有所思，提醒我們值班時多多注意之外，沒再說什麼。

精神科的值班不簡單，病人亂起來，壓力不容輕忽。我戰戰兢兢面對在精神科的第一個值班夜。所幸，傍晚到半夜狀況不多，比較刺激的事件只有一位病人疑似因藥物副作用而脖子痙攣，這通常是抗精神病藥造成的。

半夜十二點多，小夜護理師交班給大夜護理師後下班，我也打著呵欠就寢。

睡得正香甜，我被破空的尖叫嚇醒。

深夜的空蕩走廊，那響徹全樓層的淒厲和驚慌傳來，感染著其他睡夢中的病友、攪動起不安的浪潮。

我隨護理師衝進病室，是今天下午才住進病房的思涵妹妹。

「走開！走開！不要碰我！啊啊啊啊啊啊啊啊啊啊啊～」

已經有男護理師和保全試圖壓制她，兩個高大壯漢被瘦弱的女高中生推得腳步不穩，怎麼看怎麼詭異。眾人合力壓制，一連打了兩針鎮靜劑，思涵才終於冷靜下來、累得睡去。

很難想像剛剛的尖叫來自這麼纖細的身軀。

看了看她通紅的臉頰、滿額豆大的汗珠、胸膛隨嬌喘的呼吸起伏，我順手摸一下脈搏，嚇了一跳。心跳至少每分鐘一百五十下、而且手很燙！正常來說，就算是剛運動完這也太誇張了。

護理師也察覺異常，趕緊量測生命徵象：血壓八十九／四十，心跳一百五十二下，呼吸二十一下，血氧九五％，發燒三十九．七度。

我開立大量點滴、抗生素，安排感染方面的檢查，護理師也開始忙碌，熟悉地分工合作。

我打電話通知家長危急狀況。

「生命徵象的正常範圍，休息時收縮壓應介於九十至一百二十之間，舒張壓五十五至八十，心跳每分鐘六十至一百下，體溫三十六至三十八度，呼吸每分鐘十二至十八下，她現在的數值已經算生命徵象不穩定了，最可能是嚴重感染造成的。」

「怎麼會突然嚴重感染？」

「這個我們也還在查，只是先跟你說一聲，我還要繼續幫她安排檢查和治療，若有進一步消息再通知你。」

「謝謝醫生，麻煩了，拜託。」

是呀，高中生好端端地怎麼突然嚴重感染？

住院時急診調查過身體疾病，檢查結果我也看過，沒什麼特別異常。答案彷彿伸手可及，卻藏在簾幕之後，真相的剪影隔著我們的成見在另一面晃動。

我重新打開病歷詳閱，可否用一件事解釋全部？

回到思涵身邊，我開始全身摸一摸。

肚子是軟的、心臟沒有雜音，捏了一下後頸、折了脖子和膝蓋，等等，脖子跟木板一樣僵硬！一想到腦膜炎，線索全部串起來。

做完腦部電腦斷層檢查後，我排除了禁忌症、開始做腰椎穿刺引流術。從後腰引流而出的脊髓液，跟大腦浸泡滋養於其中的瑩潤液體相通。我一邊操作這項手術，一邊內心忐忑，答案就隱藏在這看似純淨無瑕的水滴。我們能否捕捉、破譯自腦內傳出的求救訊息？

清澈剔透的脊髓液由長針噴湧而出，在玻璃管上顯示正常偏高的水壓後，一滴一滴落進試管，被緊急送去實驗室檢查。

腦膜炎的項目全驗。

時間是深夜凌晨，在值班醫檢師的努力下，很快結果出爐，細胞學檢查發現淋巴球為主的白血球增多，而且印度墨染（India ink）顯示隱球菌陽性！

其他檢驗項目不會這麼快有結果，但我已經可以當作診斷隱球菌腦膜炎開始治療了。我放置頸靜脈導管、並加上相應的抗生素，順便將其他抗生素換成可以深入腦脊髓液的種類。

事情才剛忙完，護理師就打來，思涵正在全身抽搐。開立一線抗痙攣藥物、開立其他抗癲癇藥物、排腦波檢查、排腦部核磁共振、發神經科醫師的會診單、發感染科醫師的會診單……我繼續忙到天亮。

在精神科的剩餘日子相對平靜無事，身為短暫的過客，我只需要專心學習，到主治醫師的門診跟診、接病人，不像精神科醫師要大半夜到急診室跟病患對峙。我也把握機會觀摩電痙攣治療、參觀院外的精神科療養院。

思涵的腦膜炎穩定地用抗生素治療，是我擅長的內科老本行。她陰錯陽差地住到精神科病房，又陰錯陽差地在我值班時被診斷腦膜炎，現在在我手上給我照顧，是命運的巧妙安排。

對於這樣美麗的錯誤，我們沒有多做說明，但可能感覺到我的關心和善意，她把我當成好朋友，對我無話不說。

「這是我養的文鳥。」幾近康復的思涵開心地跟我分享，展現高中生應有的單純可愛。

我看著手機裡她親吻文鳥的照片，「你很愛牠厚！」我說。隱球菌感染的來源可能找到了，她跟文鳥是如此親密無間，隱球菌卻是一種經由鳥類糞便傳染的黴菌。

「嗯！」思涵應答，她的笑靨如極力綻放的杜鵑。

窗外欒木繽紛，晨光灑落，麻雀踏著輕靈的舞步，歌詠欣快的樂章。思涵不知道我打算在幾天後出院時向家長打小報告，她跟文鳥可能會被分開好一段時間。但在這之前，我們愉快地一起享受這個年紀的活潑和樂觀無憂。

我有幸參與思涵的圓滿勝利，結局開放而閃耀無限潛力，她也願意跟我分享生活點滴，澎湃的好感溫暖人心。這是上天獨厚我們這個職業的賞賜。

主治醫師來查房，評論她的病情，機會教學，分享著許多感染症都可以從精神科症狀開始表現。神經性梅毒也會造成妄想和幻覺，沒有抗生素的古早年代，曾經的治療方式是感染瘧疾，利用瘧疾引起的高燒殺死已深入大腦的梅毒螺旋體。

我的心思飄向他處，感染症常常不發燒，細菌或病毒也不會特別提醒任何人：這奇異的症狀要調查是不是我這株病菌感染人體所致。這些詭譎的突襲考驗醫師腦袋裡的福爾摩斯，病原體千百種，醫師沒想到是感染症，就不會去調查感染來源，沒想到可能是哪個致病的病原體，就不會去做相對應的檢驗。

沒想到、就不會去驗、就永遠查不到。

感染科是醫師裡的偵探，想到可能的感染來源、查出致病原因是基本功。但在新冠疫情圍攻本土的二〇二〇年，對一個可以無症狀傳播的病毒，疾病管制局阻止醫師檢驗新冠病毒為的是什麼？我只知道，跟我一直以來所學不同。官員的一廂情願是「本土不存在疫情而不需要檢驗」，而醫生擔心的是「檢驗量不足相當於蓋牌、使疫情得隱匿地傳播」。哪個比較像是妄想？哪個比較像是真實？

小百科

血壓

量血壓時會出現兩個數字。數字較大的是收縮壓，心臟收縮時的血壓。數字較小的是舒張壓，心臟放鬆時的血壓。有些電子血壓計會有第三個數字顯示在括號裡，那是心跳。

憂鬱症

情緒上的疾病，病患會出現極度消沉、低落、不快樂、失眠、想法負面、食慾改變、想自殺等症狀。

躁症

情緒上的疾病，病患會出現亢奮、暴躁、情緒起伏大、說太多話、做太多事等症狀。

思覺失調症

一種以妄想和幻覺為主的慢性精神疾病，症狀主要是產生幻覺、產生會被人迫害或被人愛戀的感覺。疾病嚴重時，需小心被患者攻擊，甚至殺害。一旦身邊人出現類似症狀，家人的首要任務是小心自身安全，然後循循善誘，將他帶至精神科醫師的門診就醫，或獨自至精神科門診尋求諮詢。

腦膜炎

罕見感染，可以由細菌、黴菌（含故事中的隱球菌）、病毒造成，難以懷疑、診斷。可以依據不同病原體出現不同症狀上的變化，但大致包括發燒、妄想症狀、及其他神經學症狀，例如全身抽搐，俗稱羊癲瘋。

第3章
發聲障礙與失智

第二站我來到神經科，第一天上班，受到眾人熱烈歡迎。他們獲得一個照顧多重慢性病患者的能手，我被分配了許多中風合併三高、心臟病、腎臟病、肺臟病、免疫系統疾病的病人。

這樣負擔太重，我也做不來，含淚表示我也想見識妙不可言的罕見神經科疾病時，管理床位、擔任神經科總醫師的黑皮學長笑道，「有機會的話。」

這些案例本來就可遇不可求。

不過中風一點都不缺，中午我就被通知團隊即將收治一位中風的阿公，因為神經科加護病房滿床，目前只能在急診加護病房觀察。我下樓到餐廳快速扒完飯，順道晃去急診探視。

今天的急診人滿為患，十幾分鐘前還在樓上神經科病房的黑皮學長現正全速穿梭在內科急救室、電腦斷層室、看診區。我感慨，神經科醫師也是功在社稷呀！

「學長！你來急診幹嘛？」

「咦！你怎麼也在這裡？」我訝異在急診加護病房遇到現在還是不分科住院醫師、小我三屆的大學學弟。

醫學系讀七年才畢業，第七年是實習醫師，畢業後的第一年是不分科住院醫師（PGY），之後再依據志向分科，升住院醫師、總醫師，有機緣的人可以在醫院當主治醫師。進醫院後延續大學時期的習慣，上下屆以學長姐、學弟妹相稱，職場也延續著學生時代以來的人情。

「我這個月輪訓到急診呀。」學弟回答。

「但一般PGY不會顧急診加護病房吧？」

畢業後才工作一年的PGY，通常不會擔任加護病房的職位，我自己是畢業三、四年，才開始承擔加護病房工作。

「學長姊們都在急救室幫忙，我本來在看診區，就被叫來這裡。」

「那看診區呢？」

「實習醫師學弟妹頂上……」

我們相視苦笑。

進醫院猶如當兵，軍中也是學長、學弟相稱。

學弟開始跟我描述阿公的病情。

阿公很幸運也很不幸，家人都沒醫療背景，但孫子在替代役時加入市政府消防隊服役，學會了辨認中風的技能，知道中風有可能是腦血管被血塊阻塞造成的，每晚一分鐘接受治療、打通血管，腦細胞就多死一些，所以他一發現症狀就把阿公送往急診。可惜上次有人看到阿公行動如常的時間是一天前，送到急診時已經距離「最後正常時間點」太久，錯過了黃金時間。

錯過黃金時間就不適合進行緊急治療和手術。得以接受治療和手術的患者，更有機會在中風後完全康復，反之則更可能終身癱瘓、甚至死亡。

據阿公的孫子說，平時糖尿病藥、高血壓藥、心血管藥都有規則服用。今天正要帶他去洗腎，就看到他倒在地上，發現得夠早，也夠晚。

我們邊聊著邊走到阿公的病床邊。

「學長都來了，就幫我們看看怎麼回事吧！」學弟趁機求救，「洗腎機不知道怎麼了，一接上去就洗不動，我們研究了好久。」

洗腎的正式名稱是血液透析，機器的管路有十多種接法，透析也有許多細節和可微調之處。這些惟獨腎臟科醫師專精，我也只懂個大概，但認識的學弟都求救了……。

「洞！痛啊！洞、凹痛！」左側偏癱的阿公面目猙獰，苦惱地看著我們嚷嚷著。

「只聽得懂他很痛，但他口齒不清又重聽、痛的部位一直說不清，止痛藥也給過了。」一旁護理師正檢查著洗腎管路，補充道。她描述著中風發聲障礙（dysarthria）的表現。

我看了一眼監測器數值，血氧九六%，呼吸十七下，收縮壓／舒張壓一百五十五／四十九，心跳一百零二下。各項數值稍微不正常，卻沒有太離譜，我感到一股難以捉摸的違和感，卻一時理不透。

一旁，阿公的哀嚎聲也讓我備感壓力，止痛藥不能一下打太重，更重要的是，原因是什麼？只是中風會這麼痛嗎？到底怎麼了？

翻開病歷，救護車剛送來時，血氧九八%，呼吸十八下，收縮壓、舒張壓分別是一百六十七、五十三，心跳九十九下，體溫三十六．五度，血中電解質以一個洗腎病人來說沒什麼特別，其他檢查結果則還沒出來。

洗腎機響著管路阻塞的提示。管路從右手臂的動靜脈廔管開始、經過洗腎機、再回到右手臂，端詳許久，我依然毫無頭緒。但學弟在旁邊看著，阿公的問題也明顯還沒解決，我絞盡腦汁。

「把超音波機推來看看吧！」沒有方向還是可以做點事，而且邊做超音波檢查可以邊教學、度過尷尬。

我把超音波探頭放到廔管上一掃，沒有血栓堵塞，但換到都卜勒模式也只看到微弱的血液流動。奇怪，怎麼回事？

真是越掃越尷尬，偷偷瞄到一旁學弟也一臉困惑的表情，我決定轉移話題，「我們看看心臟吧。」我說。

「啊啊啊！」正準備教學心臟超音波的我嚇了一大跳，「這是主動脈剝離啦！而且還裂到心臟！」

一切都說得通了。阿公中風的原因是，剝離的主動脈管壁，蓋住了將血液輸往右腦的血管，也一同蓋住通往右手臂的血管。難怪洗腎洗不動，難怪廔管血流弱，難怪阿公一直喊痛，那是撕心裂肺的胸痛呀！

而從監測器傳來的陣陣違和感是過大的脈壓差。

「血壓的兩個數字，把收縮壓減去舒張壓就是脈壓差，」我向學弟教學，「剛剛看生命徵象時我就覺得奇怪，怎麼脈壓差這麼大，過大的數值暗示身體可能潛藏一些特殊疾病，其中一個就是主動脈剝離。另外，兩隻手臂的收縮壓相減，如果差距過大也需要懷疑主動脈剝離。但阿公的右手臂植入了動靜脈瘻管，平常透過這個瘻管才能連接洗腎機，我們為了避免壓迫瘻管，一般不會量洗腎那隻手的血壓，所以這項檢查沒辦法做。」

幸好在急診加護病房發現。我和學弟分工合作，術前抽血檢驗、聯絡心臟血管外科醫師、安排胸部電腦斷層。

黃金時間內抵達的中風病人，會在接受治療前做腦部和胸部電腦斷層，檢查腦部血流和位於胸口的主動脈，排除主動脈剝離。

但阿公錯過黃金時間，到院後不能接受治療，所以常規的檢查流程不包含察看主動脈的胸部電腦斷層。阿公又口齒不清、無法清楚表達症狀，他的主動脈剝離自然很難診斷。

我們運氣很好。

胸部電腦斷層掃描完，果然是A型主動脈剝離（Sanford type A aortic dissection），

裂到心包膜和頭臂動脈幹，造成右腦中風、右手臂缺血，證實我們的猜想。

匆匆到外科急救室找手術同意書的途中，我沿途不斷被攔下，有問路的、問時間的、問日期的、問廁所在哪的、問餐廳怎麼走的、尋找自己家人的、驚恐血液回流到點滴的。

他們圓睜的雙眼瞪著我，彷彿沙漠行者撞見綠洲、溺水之人摸到浮木，但我只能報以充滿歉意的微笑繞開，繼續趕路。旁邊打掃阿姨很熱心想幫忙、很心急想回答，反而沒有人理她。迴避他人的求助真的很不容易，心裡會感到罪惡，但我們永遠都在做選擇，選擇比較危急、重要的事優先做。

心臟血管外科醫師到場之前，我先說明病情。將阿公送來急診的是孫子，其他家屬已經接到通知，正從四處趕來。

「主動脈是輸送全身血液的管子。這個疾病則是高血壓讓管子的管壁剝落成內、外兩層，兩層之間的裂縫被過高的血壓不斷撐大、漸漸分離開來，這會讓主動脈通往下游血管的開口被阻塞。通往右腦的血管被阻塞就會中風，通往右手臂洗腎廔管的血管被阻塞，所以我們沒辦法幫他洗腎。但這個疾病最可怕的是裂到心臟，死亡率很高。」

「那怎麼辦？」孫子很關心阿公的病情，看得出來他們平常感情不錯。

「需要心臟血管外科醫師立即開刀，這是一個爭分奪秒的緊急手術，不開刀死亡率百分之百，開刀死亡率也不低。而且他現在已經中風，就算存活下來也難保不會失智、變成植物人。要做好最壞結果的心理準備。」

看了一眼表情哀痛、心亂如麻、拿著手術同意書的年輕人，我跟學弟起身離開，各忙各的。阿公的血流動力學已經開始不穩了。他送阿公到急診還不到一小時就受此衝擊，我們也愛莫能助。我很想多說幾句安慰的話，但永遠都有更緊急的事情追著我。家屬還沒來得及消化壞消息就接到噩耗、天人永隔，是許多主動脈剝離病人的命運。

忙完後我回到病房，跟黑皮總醫師報告剛剛的事件，那位病人不會住進神經科病房了，能不能活到進手術室都不知道。

「學弟妹負擔還可以嗎？」黑皮總醫師友善地關心我們的工作量，「最近可能會陸續住其他新病人進來。」

剛升任總醫師的黑皮學長，深明帶人帶心的道理。黝黑的皮膚、開朗的笑聲，是醫院裡難得的正面形象。

「我看內科學長游刃有餘的樣子，能者多勞嘛，拜託。」ＰＧＹ學妹用汪汪的眼睛凝視我們。

她以後沒有要走相關科別，最近為了面試住院醫師工作忙得不可開交，大家都可以理解。

學長看向我。

我尷尬，真是騎虎難下。

「可不可以讓我見識中風以外的病人？拜託。」我以退為進。

黑皮學長大笑，分配一個記憶障礙的中年阿姨給我。懷疑是中年發病的早發失智症，的確很有趣。失智症是疾病，不是正常老化現象，任何年齡發病都需要就醫、讓醫師診斷。根據原因不同，失智可能可以藉由治療延緩。

季阿姨是資深的雜誌專題記者，博士畢業、從事新聞工作二十年，症狀是開始記不起最近發生的事。

她記得上週去投票、不記得投給誰；幾天前才寫了「回顧血汗台鐵的公安意外」專題，不到三天就完全忘記。這兩天因為想不起連續劇劇情、韓劇追不下去，才驚覺生病，急忙掛神經科門診就醫。

季阿姨戴著細金邊眼鏡，白白淨淨，過去沒有任何病史，家族史只有媽媽罹患甲狀腺亢進，目前穩定於門診追蹤，父親和其他長輩只有高血壓，目前都健在。

我在她身上做了全套神經學檢查，結果大致正常，唯一的發現是順行性長期事件失憶（anterograde long-term episodic amnesia）。三個分別的物件可以短暫記憶、立即複誦，但過了數分鐘後即無法再想起，提示也無效。

一旁的先生也補充，季阿姨的生日剛慶祝，大餐、蛋糕、禮物，明明樣樣都沒少，但她完全沒印象，天天吵著要禮物，這幾天家人都不堪其擾。

「有慶祝的話，照片呢？」季阿姨怒道，說著就一掌巴了先生的後腦勺。

「結婚都幾年了，沒拍照都多久了！」先生一副不懂蒐證地回嘴，「以前也是很溫柔，不會這樣動粗。」

「所以動粗也是最近的事嗎？」我問。

「這倒不是，剛結婚就開始了。」

「最近有沒有變嚴重？」

「對對對，這個月頻繁很多、也比較易怒。」

我繼續邊問診、邊分析病情，又耗費一些心思瞭解他們的日常、發病前兩人的互動。先生可能以為我在聊天，滔滔不絕分享著所謂的愛情墳墓。但我看走進愛情墳墓的他細心照顧發病的妻子，心裡其實是羨慕的。問診跟純聊天還是不同，我硬是把話題拉回來，把有意義的資訊紀錄在病歷。

疾病不一定能在發病之初就得到明確診斷，如果日後的病情變化不符合預期，這些資訊都極為重要。看似輕巧、無關，但有助於長期診治病人的動作才能展現醫師的遠見。

「我覺得這是零星早發型阿滋海默病（sporadic early-onset Alzheimer's disease）。」我向神經科主治醫師報告完我的評估後，信心滿滿地下結論。

「想太多！」神經科主治醫師見多識廣，面不改色，毫不猶豫地駁回我的想法，「你先做腦部核磁共振吧，腦波也排一下。」

「為什麼不是？」我心裡不服氣。

「太快了。」

很快我就知道主治醫師是什麼意思。腦波完全正常，腦部核磁共振看不到一丁點萎縮，海馬迴和顳葉的典型位置也沒什麼變化，阿茲海默病不太會這樣。而季阿姨開始胡言亂語了。

「白醫師，趁我先生下樓買午餐，我要跟你說，我懷疑他偷錄我！」

「怎麼回事？」我配合著她。

「他正在跟電視台合作，把我偷錄成韓劇！現在他就在樓下見《奪魂鋸》導演！」季阿姨壓低聲量快速地說。

「你不是說他在買午餐？而且《奪魂鋸》不是韓劇欸。」

「他跟導演吃午餐！《奪魂鋸》是韓劇，我會被抓走關起來，被機械斬首，拜託救救我！」

我正詞窮，不知道該怎麼回覆時，先生出現在門口。

「啊啊啊啊啊啊啊啊啊啊啊啊啊啊啊啊！」季阿姨抬頭一看，然後驚聲尖叫了起來。

我們開始給予她鎮靜安眠藥及抗精神病藥。一天大部分時間她都被約束在床上，避免傷害自己和他人。

幾天下來，腦波不斷追蹤，異常型態後來才出現。現在都是主治醫師和黑皮總醫師在討論病情，我已經插不上話了。

今天才剛查完房，先生就追出來。

「醫生，她突然翻白眼！」

我們急忙轉身，看到季阿姨躺在床上渾身抽搐，如遭雷電貫體。新發生的癲癇又讓我們忙了好一陣子。

癲癇不時發作，她的日常生活功能也逐漸喪失。先生變得神經質，生怕眼睛暫時挪開，阿姨就出事。

季阿姨現在需要人幫她換尿布，而且因為不配合進食、食物到嘴裡不吞嚥，被我們放了鼻胃管，每天靠難聞的管罐營養品維生。

「她還有可能好起來嗎？」隨著病情的進展，先生越來越悲觀，「你看，這是她寫的東西，多會寫！為民喉舌！現在她不但不會講話、還像小孩一樣包尿布。沒有人幫她灌食她很快就會餓死。如果救一救的結果是變這樣，早知道就不救了！」

季阿姨長期關注台鐵議題，先生把她在二〇一八年寫的普悠瑪事故專題拿出來給我們看。新聞事實、各方立場都說明得很清楚，為台鐵血汗勞工和乘客公共安全發聲，這樣的主題也深得我心，台鐵員工的處境跟醫療體系的困局相似。

我們很想幫她，但結局常常是悲傷的，許多神經科疾病，找到答案也不一定有得治。

先生不斷質問，季阿姨到底可不可能好起來？我只能說我不知道，並幫他們加油。

陪伴在病人身邊的家人，也是我們關懷的對象。但我們見過的例外太多，以為一定救不回來的病人最後活蹦亂跳，以為一定可以康復的病人最後離奇死亡。不到最後，沒人說得準。

絕症的噩耗突如其來，奇蹟的降臨卻很微妙。

將腰椎穿刺取得的腦脊髓液送去化驗，只是調查這類腦部疾病的例行檢查，但開檢查單時，我不小心點了一個平常不會檢驗、需要自費近萬元的昂貴項目，因為查教科書時看到有這個可能。

本來要請先生去櫃檯跑一趟退費流程，但先生萬念俱灰、無心計較，可能還心懷一點奢望，跟我說，「沒關係，驗了就驗了。驗驗看。」

結果是，我們因此在腦脊髓液裡找到典型抗體，確診自體免疫腦炎（autoimmune encephalitis），一種可能治癒的神經科疾病！

我沒等到開始治療就離開神經科到下一站，但我已經知道她會走向比較光明的結局。

事後聽說，經過類固醇和免疫抑制治療，季阿姨回復以往的聰敏，住院的最後幾天開始用筆電遠端工作，其他日常生活功能也可望恢復。神經科多了一筆治癒失智的神醫事蹟。

出院的病人不少，生了一場病還開心的人不多，但先生感激這樣的造化，辦出院時，當場喜極而泣。

抓住機會的決定指出無形又飄渺的生路，懂珍惜的感恩之心得償蒙天厚愛的至喜。掌握運氣在抉擇，發掘幸福在知足，醫院裡多的是人生無常，但也不全然聽天由命。這是我常拿出來分享的案例：先不要放棄希望，希望不一定放棄你。

再次看到季阿姨的名字是在瀏覽雜誌時，醫者的欣慰莫過於經手過的重病病人，後來活躍於人生舞台。然而，專題繼續看下去，這次的標題是「台鐵罷工是跟衣食父母的人民作對？」。或許，有些失智症是國民病，目前還藥石罔效。

我習慣每離開一個單位，就盤點那段時間的成長。

在神經科最大的收穫不是診治病人的臨床技術，而是見識了劇痛但口不能言的阿公、智商退化為孩童的季阿姨。為自己發聲的能力與記取教訓的健全記憶都是寶貴的恩賜，棄之而不用，就如中風而口齒不清的老人，如失智的無助病人，命運決定於他人之手，幸與不幸繫於他人一念之間。

小百科

中風

中風的症狀是，突然：口齒不清、單側臉部表情歪斜、單側手腳無力、或昏迷。一旦發現，需分秒必爭、立即送急診。

中風原因如果是腦部血管被血塊阻塞，稱為缺血性中風，腦細胞無血流及氧氣供應開始受傷、死亡，有黃金搶救時間。時間的計算，自上次有人見到他正常的時間點開始，至送到急診結束。黃金搶救時間的計算很複雜，而且會隨著醫學進步改變，但無論如何，結論都是越早搶救越好！

癲癇

因為大腦亂放電，而造成身體抽搐的疾病。緊急處理方式包含撥一一九、側臥、清除口鼻異物、維持呼吸道暢通，但不包含給病人咬手指。

自體免疫腦炎

罕見疾病，免疫細胞影響腦神經、造成腦神經發炎的疾病。常以記憶障礙、幻覺、妄想、情緒不穩、癲癇等症狀開始。

第4章
剝皮地獄

最後一站是皮膚科。

我負責的病人只有一位被全身多處大片鮮紅銀屑覆蓋、深受乾癬所苦的憂鬱大叔。除了一大早要彎腰許久、把他翻來覆去換藥，皮膚科的大部分學習機會是在門診跟診。辨識著皮肌炎、皮膚狼瘡、表現在皮膚的血癌，我勤奮地學習全身性疾病的皮膚病灶。

一如往常的早晨，我們換完藥之後，我照慣例詢問治療後病情的變化。

「藍先生，看起來乾癬有在變淡、範圍持續縮小，傷口感染也控制下來了，今天症狀有改善嗎？」

「有，每天都改善，比較不會癢了，痛風的部分也沒有再痛過。」藍叔是皮膚科病房的老病人，久病的他平時會上網搜尋自己的病情、甚至閱讀難治乾癬的文獻，常常知道醫生要問什麼。

「請問白醫師，我大概下週就可以出院了吧？」

「如果乾癬恢復順利的話，應該沒問題，怎麼了？你有什麼計畫嗎？」

「沒有啦，就是住太久了，保險有單次住院理賠上限。我生這個病平常沒辦法參加什麼活動，跟朋友也很少互動、都沒什麼聯絡了。家裡也只剩我一個人，孑然一身，哪會有什麼計畫？」藍叔看似習慣與疾病共存，但平時還是散發著濃厚的厭世情緒。畢竟，一系列治療都用過了，疾病控制還是不理想。

對此，我只能盡量關懷。

「如果有什麼地方需要幫忙，都可以說一說，我們看能不能安排。」

我想到，如果保險公司的藥費額度滿了，可以問問皮膚科、過敏免疫風濕科的研究室有沒有適合的「臨床試驗」。如果有，我們再看他是否符合條件。臨床試驗是為了開發療程而設計的醫學研究。許多時候，藉由政府或藥廠資金贊助的計畫，可以讓病人免費享有原本昂貴的治療，只不過有可能會使用到尚在開發中的藥物。尚在開發中也未必不好，那可都是全世界最先進、最尖端的藥物。

「不用麻煩，如果順利在兩週內出院，保險這邊沒問題。」藍叔回答。

「你今天早上微微發燒到三十七．五度你知道嗎？那時有沒有什麼不適？」

「我沒什麼感覺，應該還好吧，這代表什麼嗎？」

「體溫上升不到一度，很難說有沒有意義，痛風或感染都可以讓體溫上升，過一陣子我們再看看痛風藥有沒有需要調整。」

「好，然後醫生，我查到你們給我的痛風藥可能引發嚴重皮膚副作用，我皮膚本來就不好，能不能換一種？」

「有新一代藥物，健保規範是其他藥物出現副作用才能用，現在用要自費，不過價格也不貴，一天二十元左右，你要用嗎？」

「之後再看看好了。」藍叔猶豫了一下，如此回答。

「好，那記得多注意乾癬的變化。」

國人被呵護得很好，平時負擔的醫療費用少，以致於產生醫療成本低廉的錯覺，忘記住院的成本遠高於住旅館、藥物的成本遠高於食物。每天二十元的藥費其實一點都不貴、世界便宜。

我沒再多說什麼，以免引起反感。畢業後入行的前幾年，我曾勸說不休，以致於有病人誤以為自費項目我可以抽成，或得到業績，但其實這些都是完全站在病人立場的建議。真要說我可以得到什麼好處，就是病人買了好用的武器，疾病處理得更妥善，我的工作可以更輕鬆。

類似的情形也時而出現在門診。

指導我的主治醫師梅醫師是上過週刊的「美女醫師」，門診病人不少，形形色色的人物都有。

「這就是抗病毒藥膏？自費要五十塊？」

我坐在主治醫師身後的板凳，看歐吉桑指著藥膏的外包裝，跟梅醫師討論。

「沒錯哦，你現在才剛發病，所以我開給你口服藥，讓皮蛇可以好得更快、更沒有後遺症。口服藥從發病前三天就開始服用才會有效，但口服藥和藥膏，健保只給付一種，如果想要吃、也想要擦，擦的就要自費。皰疹後神經痛是很痛的，口服藥才能預防，雖然成分相同，還是用吃的會比較好。」

梅醫師回答。

聽到吃藥，歐吉桑就皺起了眉頭。

「我現在也很痛啊，如果可以擦，擦一擦不是也會好？我之前嘴角發炎，我家巷口的診所也是開這個藥膏給我，但不用自費。」

「你這次得到的是皮蛇，正式名稱叫做『帶狀皰疹』。嘴角發炎擦這個的話是『單純皰疹』。兩種疾病的健保給付不一樣。如果你想要用擦的，不想要用吃的，我就用健保開藥膏給你。但如果兩種都要，其中一種就要自費。」

「意思是，吃的藥跟擦的藥，我只能選一種？」

「嗯對。」

「那我現在嘴角有點痛，能不能給我吃皮蛇的藥，嘴角擦單純皰疹的藥？」

我很佩服歐吉桑的機靈，饒有興致地望向身為主治醫師的梅醫師，看她怎麼回應。

梅醫師似乎也覺得有趣，大笑之後回答，「不然之前的藥膏你還有沒有剩？之前的繼續擦也可以。」

「好！那我回家找找看。如果用擦的，口服藥可以不用吃嗎？」

「這個病，本來就是不吃藥也會好，吃藥只是好得更快、更不會有後遺症，不吃當然可以，只用擦的也多少有效。」

「那我擦之前的藥膏就好，口服藥也不用開給我吃。」

「好的，沒問題。」

「好，那就這樣。」

診間靜默了一下，歐吉桑似乎在等待什麼。

過了數秒，他再次開口。

「那，今天還算看診嗎？」

「算喔！」梅醫師笑道。

「這樣也要掛號費？」

抛下這句話，歐吉桑拖著菜籃車離去。

梅醫師轉頭看了我一眼，看到我驚訝的表情，她解釋道：

「他的如意算盤大概是，退掛後用剛剛發明的那招，去找他家巷口的診所同時開藥膏和口服藥，而且口服藥不一定會吃，常常等到出現後遺症才當救命稻草吃幾顆，這時候卻已經過了治療的黃金時間。你要記得，你獨當一面之後，大家聽聞你的作法都會有所評價，你要為相關的言行負專業責任、面對同行的審視；你還會出庭當證人、當被告，這個一定有，躲不掉。而為了能合格地扛起這些責任，你要不眠不休值班唸書、通過一關一關考試、堅持約十五年取得專科執照，才僅僅在這一行入門。診間一分鐘，夜裡十年功，攸關人體的專業收這點掛號費，其實很划算。如果你像那些大科把高風險、高成本的業務做得廉價，願意投入的後輩就會少，所以那些救死扶生的科別……」

梅醫師的視線從電腦螢幕移開，瞄了我一眼，眼神有點複雜，我則努力擠出不尷尬的微笑。內科就是最主要的救命科之一，十幾年來的確招生困難，人力缺口持續擴大，沒什麼好反駁。

「反正你懂我的意思，」梅醫師把頭轉回去，繼續說，「就算把人騙進來，他們也會士氣低落、失去熱情、無心為過於廉價的服務進修……」

說到這，她又偷瞥了我一眼。

這個話題不知道怎麼接，我在心裡希望下一位病人快進來診間。

梅醫師說得都對，但非內行人很難看出診間一分鐘的價值，而沒有大眾支持的專業注定會走下坡，所以癥結應該是，怎麼將醫治疾病的專業介紹給沒受過訓練的大眾？然而，不論講解得如何親民有趣，學習過程都難免艱辛苦澀。反而誇大不實的坊間商品可以被捧得神奇沒有上限，近年來漸漸占據市場主流。

如果我是阿伯，我會服用完整療程，因為我知道皰疹後神經痛有朝一日開始就永無止境，會貼身相伴數十年，痛得夜夜難眠、天天憂鬱，也無藥可醫。不過阿伯大概會隨意擦幾下抗病毒藥膏，四處購來的其他商品、藥水也試一試，改善了、不痛了就覺得不用吃藥——但這恰巧是不治療也會改善並自行痊癒的疾病——等到後遺症出現才想服藥就為時已晚了。

畢業後入行的前幾年，我也曾很努力勸說患者服藥，然後發現不配合的患者怎麼勸都不配合，甚至猜疑我的動機。我可以理解為什麼梅醫師點到即止。

主治醫師的門診跟診學習之外，少數皮膚病難以肉眼診斷。做了皮膚切片後，除了偷看病理科的詳解，病理玻片也被借來研究。顯微鏡下的分析搭配肉眼的觀察讓我們對疾病的認識又更深一層。

這段時間，藍叔的病情持續改善，靜脈注射的免疫抑制劑也在慢慢減量，預計下週可以順利出院。只是有時候他會反應疲累、手腳下背痠軟，體溫偶而偏高、但皆未超過三十七．五度。

藍叔自嘲，乾癬是相處了十年的最好朋友。現在乾癬要消退了，他沒有老朋友陪伴、提不起勁，床上躺著都可以躺到腰痠背疼、躺到沒力氣。

眾人尷尬地笑一笑，是常常聽到病人抱怨床太硬或床太軟，我們的床墊的確不怎麼高級。不過每當病人開始抱怨這些輕微不適，大多是因為更擾人的病痛被我們處理妥當了，病情離出院不遠，我們為他感到開心。

皮膚科也有手術。我協助手術切除小顆的表皮樣囊腫、手術挖著大顆的表皮樣囊腫，也參觀照光治療、雷射治療的儀器，一週很快過去。

即將出院的前一天，藍叔的病情有了新變化。

「今天胸口和肚子起新的疹子，不會癢，有點痛。」藍叔跟我們反應。

梅醫師看了看，問我們有什麼想法，這個挑戰被我接了下來。

「兩處小範圍紅色丘疹，第一考慮乾癬復發，但外觀看起來不像，不癢而且會痛也很奇怪。第二是細菌感染，會痛沒錯，同時感染兩處是有可能，但有點太巧了，先放在心上。第三是病毒感染，但分布不像帶狀皰疹或單純皰疹。第四是藥物引起，但藥物疹也很少會痛。會痛的皮膚藥物副作用……應該不是史蒂芬強森症候群吧？至少身上黏膜沒被影響。藍先生，眼睛、口鼻、生殖器、肛門，這些黏膜會痛嗎？」

「不會，都很好。」藍叔回答。

梅醫師打開藍叔的嘴巴、翻開兩眼眼皮，沒看到口腔黏膜明顯發炎，眼結膜也一切正常。史蒂芬強森症候群不只侵犯皮膚，黏膜也會遭殃。使用在痛風病人身上的藥物是其中一個大宗的原因。新一代藥物無此副作用，健保不給付，不過也才每天二十元。

「這些新疹子觸碰到應該會痛吧？」梅醫師問。

「有一點。」藍叔回答。

「這種還是要小心史蒂芬強森症候群，先停掉原本的痛風藥跟止痛藥，再把免疫抑制劑加量。」梅醫師吩咐道，「其他藥物也都檢查一下，未來幾天注意幾個現象，水泡、破皮、黏膜侵犯。史蒂芬強森症候群會發燒，但免疫抑制劑壓抑著免疫反應，有發燒也不一定明顯。」

我們都不約而同想到，使用著免疫抑制劑的情況下，前幾天體溫的確偏高。史蒂芬強森症候群是罕見的藥物副作用，醫生使用相關藥物時都極小心，加上用藥之前，許多藥物都有基因檢查可以驗，現在已經很少發生這些案例了，有這麼巧嗎？

才過一天，我們就知道主治醫師是對的，紅疹以肉眼可見的速度飛快擴散到全身，從大片大片的火紅奔湧出密集的水泡，口腔到咽喉破得無一處完好，藍叔的每一息呼吸都為他帶來陣陣劇痛。

三天類固醇脈衝治療、靜脈注射免疫球蛋白、特殊機轉的免疫抑制劑全用，病情還是絲毫不見好轉。

自己身體的免疫細胞四處肆虐，皮膚疼不欲生，空氣燒灼聲帶和氣管。他無法進食我們做了胃造口，上呼吸道阻塞我們做了氣切，生殖器和尿道潰爛我們做了膀胱造口，眼角膜壞死目不能視我們只能幫他祈禱。因為腸道黏膜破損，他每天都拉肚子。各處感染不時搗亂，抗生素也換了又換。水分從表皮大量流失，他每天都需要補充大量點滴，護理師在他身上打了三、四根靜脈針。

藍叔求生意志堅強。問他希不希望我們繼續治療，不能說話的他堅決點點頭。

燎原野火也有熄滅的時候，劇烈的免疫反應終於緩解，但傷害已經造成，他未來有漫長的重建、復健之路要走。下場看似悲慘，但這是即使甫發病就全力治療，死亡率也極高、可高達百分之二十的疾病，藍叔能存活下來已經非常幸運。

對於他的勇氣，我相當敬佩，如果世界上存在煉獄，最殘忍也不過如此。

在皮膚科訓練的最後一天，我一個人來到他的病室門口，想對他說一些鼓勵的話。

住院期間，護理師、住院醫師跟病人相處最密切，但護理師輪流上班、住院醫師每個月來來去去，長期照顧他、一直陪伴他的是主治醫師。可是主治醫師也不只他一位病人。他又沒有家人，只有平常鮮少交誼的朋友。久病床前無孝子，更何況只是朋友？如同發病以來，這條路上他一個人走，剩下的人生，也是他一個人面對。就算有不離不棄的至親存在，也沒有人能代替他生病。

幾句鼓勵的話，對我來說是舉手之勞，對他卻可能是荒漠裡的甘霖。

我想了一下，走進病室，悄悄來到病床邊。

接近時，藍叔沒有發現我。

我看到他在床上顫抖，短促地吸氣、吐氣。觀察半晌、努力思索，我仍看不懂那是什麼呼吸型態。直到看見失明的雙眼旁瀅瀅淚光閃爍，我才驚覺，那是低聲抽泣。

不敢驚擾他，我偷偷地離去。

如此不幸的人生完全是酷刑，直到著手回憶錄的今日，我依然沒遇過更慘烈的悲劇。可惜，大多數醫療資源還是屬於我當住院醫師時，討著多那一條、兩條免錢藥膏，還會到健保局申訴的選民。

一直以來，醫師是患者求助的對象、生命最脆弱時的憑依，背負重大。雖然備受信任、仰賴，但其實我們也只是醫療生態的其中一環，在殘破的體系下，早就想盡各式各樣的方法幫忙病人。用研究經費幫病人加做檢查，用國際臨床試驗為病人提供昂貴的治療，遇到模稜兩可的情況，還甘冒被健保局核刪懲罰的風險開立醫囑、藥方，總之，就是四處找資源為病人謀福利。

有沒有人想過，這樣的生態是否健康？不斷挖東牆、補西牆的模式，會造成什麼後果？

當初，又是誰設計了這樣的制度？

小百科

乾癬

免疫細胞刺激皮膚造成發炎的疾病，需減少壓力、避免服用活化免疫力的成分，並至皮膚科或過敏免疫風濕科就醫。病情可以從輕微至嚴重，越早就醫越好。

史蒂芬強森症候群

少數藥物可能引起的罕見皮膚副作用，死亡率高，治療效果難以預測，預防方式是謹慎使用藥物，勿未經醫師處方服用藥物，有些藥物可在服用前做基因檢測，有些不行。

胃造口

手術放置一根管子，穿過肚皮和胃壁抵達胃，將營養品從管子一端灌入即可讓食物抵達胃，安全餵食病患。相較於鼻胃管，胃造口需要動手術，但相比之下餵食過程更穩定，更適合長期無法自行進食的患者，在許多國家是主流。

膀胱造口

手術放置一根管子，穿過肚皮抵達膀胱，由引流管直接將尿液從膀胱引流出來。

第5章 不朽的永動機

據說，古早的年代，急診室由實習醫師和內、外科住院醫師輪班值守。然而，隨著醫學發展，急診醫學科崛起為無可取代的重要專科，到急診受訓一個月也持續是內科住院醫師的必修。

「對不起，我很急，我晚上要見客戶，你們不是急診嗎？能不能快一點？平常健保繳成這樣！」

開始上班的晚上八點，看診區的我，才看第一個病人就感到心累。

「一般都覺得，掛急診是因為行程很趕，需要盡快解決病痛，想不到來了才發現，急診還比門診等更久，對不對？」我乾笑兩聲，「誤會是，急診優先處理『黃金搶救時間內』的疾病。兩個月前一位爸爸心臟血管被血塊塞住、心跳停止。救護車五分鐘就抵達現場，一路壓胸維持腦部血液循環到急診。急診電擊後他恢復規律心跳，到院十分鐘內診斷心肌梗塞、九十分鐘內打通堵塞的血管。前幾天他自行行走出院，過陣子就可以上班。他被延誤的每一分鐘就離植物人、離死亡越近，這才是急診的急。急診是跟『黃金搶救時間』賽跑的地方，不是提供便利的地方。」我回答著、順便機會教學坐在旁邊的醫學生。

說的是我幾個月前在加護病房照顧過的辛先生。

辛先生醒來、成功拔管後，喘著氣說的第一句話是，「謝謝醫生。」「該謝的不是我們，我們救回來的只有命，把你的大腦救回來、讓你現在可以跟我說話的人，是你身為護理師的太太。」我跟他說。

寒冷的半夜，他起身如廁時，太太目睹他倒下。

辛太太熟悉流程，知道黃金搶救時間的急迫，立即指揮其他家人打一一九、找公共場所電擊器，並馬上幫他壓胸、維持腦部血液循環。

隨後，全年無休的救護車消防員抵達、繼續壓胸，為脆弱的腦細胞爭取到一線生機。到院前急診就接獲通知、準備好一系列診斷治療儀器，並知會會診醫師。

到院診斷為急性心肌梗塞後，深夜手機鈴聲將一戶人家驚醒。心臟科主治醫師提起鬢髮斑駁的腦袋，重新哄睡啼哭中的嬰兒，接著到醫院打通堵塞的心臟血管，救回缺血缺氧的心肌細胞。

從辛太太撥號到血管打通，整個過程恰好九十分鐘。接力賽只要一人掉棒，身為加護病房醫師的我再高明，他也醒不來。醒來之後，在復健科醫師的努力之下，他不日就有望回到職場。

數十年來無數人嘔心瀝血、精進專業、投入熱忱，優化著這一系列接棒過程，但千瘡百孔的醫療制度卻不斷為賽道增添坑洞，跑者只能苦中作樂、當障礙賽繼續衝刺。

患者到急診，先遇到檢傷護理師量測生命徵象、判斷緊急程度。最危急的到急救室，其他掛號後到看診區，等叫號進診間。

眼前的小姐全身套裝，經歷上述流程坐到我的診間歷時四十五分鐘，抱怨著我們耽誤她跟客戶會面。

望見她疲憊的面容、病歷上所載跟我差不多的年紀，我能體諒同為這一代年輕人的辛勞，工作權益進步不多，我們還追不上物價、房價的漲幅。

我帶著歉意放緩語氣。

「抱歉，說得直接，我只是想說，病情可能比其他事務重要。我也常身體不適硬撐著上班，但你的肚子痛不像經痛，可能危及生命，考慮一下跟客戶取消，好不好？如果病痛導致會議進行不順利，跟客戶肯定談不成。萬一開會途中體力不支倒下，你一樣要回來。改約、照顧好身體、再好好跟客戶談。就說你人現在在急診，他們會體諒的。」

「不，他們才不會體諒。」

她話說完，我們不約而同笑了起來。氣氛好多了，這在急診的忙亂實屬難得。

「我只是輕微地悶悶痛，不像以前經痛都痛得死去活來，有這麼嚴重嗎？我只是想拿個止痛藥。」她還不死心，但態度明顯軟化。

「有可能哦，你說月經遲到、經血量又異常地少，而且壓了更痛，也許那根本不是『經血』而是『出血』。」我強調著，「來自子宮輸卵管的出血常常被誤認為經血，檢查一下吧。」

接下來的檢查不但驗出懷孕，婦產科超音波還看到子宮外孕，婦產科醫師緊急連絡麻醉科進刀房，才趕在輸卵管破裂前避免腹膜炎，止血還止很久。

「學弟又是你！」婦產科學姊開完刀、一見到我就神情憤慨，「每次急刀都是你塞的！你知不知道上次那個卵巢扭轉的病人，開進去後發現卵巢腫瘤疑似是惡性的！我們還深夜把病理科挖起來做冷凍切片，才能決定接下來手術該怎麼開。你是怎麼吸引這麼多複雜的病人？你這個人形鳳梨要請我們科每個人喝飲料！」

「別這樣嘛，」我只能乾笑，「學姊開診所我可以當你的招財貓呀，喵～」

「白目言論，你當診所這麼好開？平時就難混，疫情來又倒了多少。家屬電話勒？」

我將準備好的紙條給她，「這是病人的先生。」

電話撥通後，還有許多事務沒忙完的學姊秉持開刀科本色直奔主題。

「唯～你好，我婦產科醫師，你太太現在在急診，我們剛幫她開完子宮外孕的緊急手術。正常來說，懷孕時胚胎會在子宮著床長大，但你太太的情況是著床位置在輸卵管，輸卵管狹小的空間無法容納胎兒，結果是胎兒差點撐破輸卵管造成大出血、腹膜炎。懷孕後不會有月經，但輸卵管受傷會流血，常被誤認為月經。你太太就是以為只是月經遲到、量偏少，以為肚子痛是經痛，拖著沒來看病。如果我們沒有緊急開刀，她現在已經生命垂危。幸好，危機已經順利解除，待會你就可以跟你太太通話了。」

我依稀聽到電話裡傳來怒罵和三字經，然後學姊就灰頭土臉地掛電話。

「他說他出差在外數個月沒回家，懷的不可能是他的種……」婦產科學姊疲倦地笑了笑。

在急診，醫師、護理師跟每位患者和家屬都不熟識，不但不了解他們的家庭，跟他們也沒有長期信賴關係，卻又必須在這樣的前提下處理危急病情，偶而會碰一鼻子灰。

謹慎地探詢、親切地問候、多幾句關懷會更好，道理大家都懂，但現實常常不允許。難道要把時間拿來照顧一位病人的心情，而把其他病人的性命先放一邊？

話又說回來，良好的醫病關係可以讓後續過程平平順順。

醫界有俗諺，「偶而得治癒，時常僅緩解，永遠能安撫。」撫慰受病痛所苦的靈魂，也是醫護人員的工作。

每件事都無比重要。

但時間不夠的情況，到底哪件事該優先？跟師長、同儕都討論過，我還是不知道答案。

我繼續在看診區診治一位一位病人，解決他們的問題、把隱藏在輕症裡的急症挑出來。

每次挑出急症時我都冷汗直流，一不小心錯放回去就是一生難以忘卻的記憶、纏訟數年的千萬官司。我放回家的輕症裡有沒有沒被發現的急症？

我沒空細想。

我彷彿看到一顆一顆沉重的保齡球滾來。我要眼疾手快，把偽裝成保齡球的炸彈拎起，放到旁邊。重點不是我擊出的一次次漂亮全倒，而是我有沒有把一顆炸彈丟出去？有沒有顧好腳邊的炸彈沒爆炸？

如果病人來看診時，還沒出現足以引起懷疑和警覺的症狀，也算我的嗎？病人和家屬會諒解我嗎？我可以忘掉悲慘結果帶來的痛苦記憶嗎？法院醫事審議委員會裡、已經數十年沒守急診的老醫生和老教授，能同理我嗎？法官會憐憫疾病為家屬帶來不幸，還是體會我力挽狂瀾的處境？

「我媽媽說她眼睛痛！」

頭痛的房小姐做完腦部電腦斷層，結果沒有任何異常，正要拿止痛藥辦出院回家，房小姐的兒子帶著她跑回我的診間，如此說道。

「剛剛頭痛，現在變眼睛痛，是嗎？」我問。

「對，剛剛突然痛起來。」房小姐答道。

「雙眼嗎？還是單眼？」

「單眼。」

「左眼還是右眼？」

「右眼。」

我趕緊在病歷補上，右眼痛是後來才出現的。

「視力有模糊嗎？」

「有一點。」

「兩眼都模糊，還是只有右眼？左手把左眼遮起來，右眼看過來，看得到我這裡比幾根手指嗎？」

「看得到兩根，但有點模糊。」

「好，現在遮右眼。現在看起來會模糊嗎？」

「不會。」

「有青光眼的家族病史嗎？」

「……好像沒聽說。」

「我幫你找眼科醫師做檢查，你們先不要離開。有可能是急性青光眼，眼球壓力過高造成的疾病，症狀多為單側眼睛痛、視力模糊，不在時間內治療可能會失明，藥物無效的話可能需要緊急手術，是急症。」

「有這麼嚴重？」

「等眼科醫師看完才知道。」

今天是直屬學姊值班，我查了電話號碼打過去，電話忙線中，我抓一張紙抄下電話號碼，繼續看診。

現在已經凌晨，各科醫師輪流被我的電話叫醒，我請一般外科醫師幫闌尾炎患者開刀，我請耳鼻喉科醫師處理鼻咽癌血流不止的患者，我請口腔外科的牙醫師檢視口腔黏膜的撕裂傷。

「牙醫師你好，你是想知道他們怎麼弄到口腔黏膜撕裂傷嗎？」我不好意思說太明白，「可能要到現場才能了解，好像跟成人玩具有關……」

打給神經外科醫師請他們收治腦出血病人時，他們還在開刀、半夜還沒開完。電話剛掛斷，馬上又重新響起。

「唯～我眼科急會診，剛剛有打來找我嗎？」

「唯～學姊好，我是小白，我們三號診間有個病人，剛剛右眼痛起來、右眼視力感覺稍微模糊，懷疑急性青光眼。」

「好，我待會過去，幫我跟病人說我現在在做檢查。」

每天輪流著不同科醫師忙翻天，今天是眼科而已。

幾天前工地意外，一位年輕男性被鐵條穿腹透背，腸子破了、輸尿管斷了、橫隔膜和肺臟受傷、大動脈分枝處撕裂。麻醉科醫師緊急安排人力，心臟血管外科醫師先縫合血管，一台刀還出動大腸直腸外科醫師切腸子、泌尿科醫師修補輸尿管、胸腔外科醫師處理氣血胸，眾人輪流開刀十多小時，血品輸了上萬毫升。外科醫師、護理師一群人都沒得睡，而健保只會給付一台手術的費用，許多人都在做志工。

刀房護理師說，傳到他們手上的鐵製器械，從冷的被捏成溫的。

看診中，廣播響起，「大量燒傷嗆傷！」

被普遍以為是「醫美專科」的整形外科醫師出現，重度大片燒燙傷、顱顏受創毀損、深及肌肉骨骼的複雜感染傷口，都需要整形外科醫師。最近圈內熱烈討論著一則爭議的診所廣告，有波波成立「微整形」學會，甚至直接冒用整形外科的名號。這樣不對，不該欺騙客戶，也不該用未受過訓練的技術為他們的招牌摻入水分。醫美也是需要苦心精進的專業，而優秀醫美醫生的苦心不該被抹煞。

數分鐘後，數位深夜大火的倖存者送抵急救室。

這時才真正展現急診科醫師的價值。

急診主治醫師和急診總醫師指揮若定，最輕症坐到觀察區吊著點滴、滑著手機，最急重症直接插管、被灌注大量點滴、準備進刀房。一位多處燒傷而哀嚎不止的患者被給予大量點滴、止痛藥和多處傷口敷料，一位嗆到濃煙的患者虛弱地吸著百分之百的氧氣，麻醉科醫師正評估插管的可行性、考慮找耳鼻喉科醫師做氣切。胸腔科醫師四處診視病人，重症加護病房領域基本上都是他們的專業。兒科醫師和小兒外科醫師也到場支援，許多小朋友的疾病只有他們會看。明顯瀕臨死亡的患者，家醫科醫師提供安寧緩和醫療，他們深入社區、貼近民情。輕重緩急程度不同的病人被亂中有序地妥善分流，不同科別的醫師也發揮著專長。

父母把孩童丟出窗外後，雙雙命喪火窟的慘劇上演著。同時，幾位家屬要求將自己家人轉院到熟悉的醫院，醫護人人忙著手邊的事務沒空理會。

火災之外，急診也隨時準備好應變各式各樣的情況，包含但不限於，核污染外洩、各種類爆炸、各種類生物或化學物質中毒造成的大量傷患。

病人不會因為急診能量逼近滿載就擇時不來急診。

火災傷患之外，急救室穿插來了兩位昏迷患者。人手捉襟見肘之際，我被叫去急救室幫忙處理。

第一位是大學生弟弟，半夜在公園打球時突然倒地昏迷，被球友送上救護車後，消防員表示觀察到他不斷抽搐，血糖九十七。

送進急救室，我們注射了一線抗痙攣藥物後，弟弟立即清醒，漸漸從神智混亂恢復正常。

「這次推測是在運動時發生癲癇，一種因為腦部亂放電而昏迷的疾病。我們給予藥物後癲癇已經緩解，緩解後會比較疲累、會神智混亂，但休息後應該會慢慢改善。第一次發作的癲癇需要做腦部影像檢查、排除腦部病變，都幫你們安排好了。但因為急救室這裡現在正在處理大量傷患，人手不足，我們會先到觀察區等候電腦斷層室通知。如果這期間又癲癇發作，觀察區的護理師和醫師會幫你處理。」我跟匆匆趕到的家長們說明。

「如果癲癇有可能再發作，是不是待在急救室比較好？再昏過去怎麼辦？你要負責嗎？」擔憂的媽媽質問我。顯然，守護其他患者的任務只能我自己面對，對媽媽來說，肯定是自己的兒子才重要，她一定不跟我講理。

「現在這裡人手不足，到觀察區反而會有更多醫護同仁幫他監測、即時處理。」我只好換個說法，其實是一樣的意思。

天下的媽媽大多護子心切。所幸，一旁的爸爸站在我們這邊，幫著好言相勸。

第二位是高齡的阿公。阿公跟老伴清晨起床用餐，用餐時突然在椅子上全身僵硬、昏迷。老伴呼喊著家人，一群兒孫將阿公搬上車、自行駕駛載來急診，過程中阿公都維持著全身硬邦邦的狀態。一樣注射了一線抗痙攣藥物，這次卻沒有反應。跟今晚值班的黑皮學長求救，神經科醫師的眼睛一掃就認出是腦幹中風造成的「去大腦僵直」(decerebrate rigidity)。電腦斷層證實後，放射科醫師藝高膽大地把阻塞血流的血栓從堅硬酥脆、嚴重鈣化的腦幹血管中夾出。過程中，只要一個不小心讓血管裂開出血，神經外科醫師也難救回來。

血管打通後，阿公當天就醒來，可以在攙扶下跨步，開始接受復健。

過程的驚心動魄、結局的嘆為觀止，只有現場的醫護和手術醫師本人心裡曉得。但忙碌下很難為每位病人、每件事都花數十分鐘仔細說明，以致於常有患者享受幾近免費的優異成果，家屬卻僅體驗到醫院環境不友善、不方便的一面。醫病溝通至關重要，但平常這些都很難說明，這是一大難題。

當然，急診少不了的是最大宗的內科疾病，內科八大次專科包括感染科、胸腔科、腎臟科、心臟科、肝膽腸胃科、血液腫瘤科、內分泌暨新陳代謝科、過敏免疫風濕科。

病人常一次帶著三、五個科的疾病、總共不下十個診斷來就醫，醫師不一定都精通，內外大小各次專科醫師互相會診幾乎都是做功德，健保給付會診還常常免費，而牙醫師也在其中。牙醫師跟醫師分家數百年，從大學入學就是不同科系，但在救命的醫院、救急的急診，我們一樣是夥伴。涉及口腔的手術他們是高手，深及骨頭的牙床感染我們要拜託他們清瘡。年輕牙醫師的困境也跟我們相似。

病人從各處來到急診，自行前來、救護車送來、基層診所轉來、醫院門診轉來、他院急診轉來。

門診和基層診所從來沒閒著，麻醉部疼痛科醫師、復健科醫師、放射腫瘤科醫師都轉了許多原以為只是腰背痠軟的病理性骨折病患過來，並不像少數言論所宣稱的沒在做事。最近有人把健保體系的黑鍋扣到復健科、骨科醫師身上，我很不能贊同。連職業醫學科醫師都會轉來重金屬中毒的勞工，連核子醫學科醫師都會轉來急性心臟病患者，四處的醫師一直都在默默服務鄉里。

急診室有條不紊地吸收一波一波病人潮。醫院各科醫師都有人待命支援，在急診科醫師居中協調下緊密合作。急診是指揮各科收治病患的樞紐，惡劣條件下，做得常常不盡如人意、被罵得難聽。

這家我受訓住院醫師的醫學中心，歷史悠久，是普羅百姓的醫療最後一線。首都沒有其他醫院像我們一樣，接受在其他醫學中心急診久候不已的病人，用兩天內住院的速度收他們到病房。

自成立以來，一代一代的各科醫師、護理師、各職類醫事人員，維持著急診的功能，住院大樓不間斷地收治危急病患。如此運轉，從無歇息，不眠不休近百年，沒一刻停歇。就連全國大地震停電，備用發電機電力不足導致呼吸器關機，都有上百名醫學生衝去幫插管病人擠甦醒球、充當人體驅動的呼吸器。

辛苦，但我引以為豪。

過了許多年，往事成追憶的今天，我依然清晰記得，那些下班離開醫院的每一晚。無論黃昏、深夜，只要過馬路時回首，映入眼簾的永遠是燈火通明。

感嘆的同時，當年的我也常思索，只要這家醫院還在，急診室夙夜匪懈一直運轉下去似乎理所當然，但行醫越來越困難，醫療資源越來越稀少，世上真的存在不朽的永動機？

小百科

心跳停止

心臟停止跳動的十分鐘內不一定代表死亡。當場有人發現，而且身旁有人會「心肺復甦術」、並且立即通報救護車的話，有機會救活。但若時間來不及或身旁無人實施心肺復甦術，救活機會不大、救回來的結果也大多不好。一般社會人士可至消防局的訓練中心上心肺復甦術課程。

救護車

消防局救護車依法須將病患送至最近急診室或急救責任醫院，病患或家屬不可要求送至指定醫院。自費聘請的民間救護車可將病患送至指定醫院，但無法透過一一九系統聯繫。

急性心肌梗塞

心臟是一團肌肉，負責規律收縮、把血液輸往全身。這團肌肉也需要血管供應血液、氧氣，當心臟的血管被血塊塞住，就會造成心肌梗塞，俗稱「心臟病」。症狀是胸悶、胸痛、冒冷汗、臉色蒼白，好發於中年男性、停經後婦女、抽菸患者。一旦劇烈胸痛，需馬上聯絡一一九前往急診，若確診心肌梗塞，需在九十分鐘內由心臟科醫師打通被阻塞的血管，以拯救心臟肌肉不壞死。

大量燒傷嗆傷

大量因為火焰燒傷、濃煙嗆傷的病患，常出現在火災。火災除了遠離火源，更須避免嗆到濃煙，尤其火災的旁觀者。

波波

代指程度不佳而走後門的留學生。學生花錢就能進入外國醫學院為留學生專門開設的班級，當地法律禁止這些學生畢業後留在該國實習、執業。有波蘭、捷克、匈牙利、羅馬尼亞、日本、菲律賓等國家可以選。

第6章
出院、住院

內分泌暨新陳代謝科是內科裡的小科，病人病情較穩定，氣氛相對輕鬆。不幸，這幾天總醫師住院剖腹產，科內人力一下緊繃了起來。二線班表重排、檢查室時段要補人、各項工作都需要人代理。人手緊繃之際，竟然輪到我暫代管理床位的簽床職務。好在病房床位本來就不多，我很快就上手，但也馬上迎來第一個難題。

「我今天門診有一個懷疑庫欣氏症候群的病人要住院，說是院長鄰居的女兒，不過這不重要，你安排一下，空出一張床來，住院病人不該繼續住的要勸。」內分泌科主任來電道，「例如那床早就可以出院卻住了兩個月，不能讓她這樣霸佔床位。交給你囉，我幫病人排的重要檢查就在明天，不是隨便排得到的，要讓她做到哦！」

我汗顏，住兩個月說的就是我照顧的那位病人。一方面是因為眾人同情他們的處境，一方面是家屬態度凶狠，所有人都沒轍，包括護理長、社工師。看了一下，別的病人因為病情目前都不能出院，真的沒其他選擇了，我硬著頭皮撥通電話。

「鄭媽媽你好，我們今天要讓妹妹出院囉！已經讓你們準備很多天了，現在我們有其他病人需要住院。」

「我說過很多次，真的沒辦法！」這次迎接我的開頭就是悲情攻勢，「醫師，我跟你是世界的兩端。不像你出身幸福，我們一家人加起來五張重大傷病卡和殘障手冊，她爸爸還欠了債務，可以再讓她多住幾天嗎？我們都在外縣市，她只是個孩子，出院一個人死掉怎麼辦？我們不要鬧上新聞吧！」

我的慈悲心奔湧，一如過去兩個月，但這次我只能硬起心腸，「妹妹已經二十歲了，病情穩定、可以照顧自己，你也可以讓她跟親友住，我不能讓你每次都多住幾天。我知道你很困難，的確我沒有這些不幸，但我不能因為別人只有一張身障就偏袒你們，你也知道，我有我的難處。」

通話的同時我翻閱病歷，看到院長鄰居的女兒因為子宮肌瘤而摘除子宮，身障的部分我的確沒說謊，但我還是心虛，鄭媽媽比較可憐沒錯。即使如此，病房還是為了治病而存在，不是社會局收容所。每天都有病人排隊等著進來住院，焦急的心情也改變不了一床難求的現實，他們的治療也很重要。

電話那頭傳來嚎啕大哭和髒話，夾雜著「沒醫德」、「無良醫生」等詞彙。我嘆了口氣，讓病人用欠費的方式辦出院。

鄭小妹才剛發病，鄭媽媽做為母親，現在會想要為孩子爭取一切可爭取的資源。但過一陣子她就會發現，不是只有醫院會跟她收費，不是每一個家庭都養得起生病的成員。

行醫一途是承受傷害的道路，每個人調適的方式不同。有人抽離，有人淡漠，有人成為病人的朋友、家人、甚至資助者，奉獻得太多。大部分人沒辦法，只能習慣。

院長鄰居的女兒是四十出頭的阿姨，發病以來體重直線上升，皮膚變得暗沉黝黑，健康檢查卻只顯示血鉀偏低、血糖偏高、血壓偏高等輕微異常。她原本以為只是中年發福，來本院就醫是為了保險公司交代拿診斷證明書的例行公事。不料，我們內分泌科主任一看察覺事有蹊蹺，懷疑她罹患了庫欣氏症候群（Cushing syndrome），一個因體內賀爾蒙過多引起發胖、皮膚色素沉澱、血糖血壓上升、腎臟處理血鉀異常的疾病，所以安排她住院排檢查。因為臉腫得像一顆波蘿蜜，好友們幫她取了綽號波姨。

排檢查的簡單病人而已，我交由實習醫師學妹練習繕打病歷、負責安排檢查。人稱高醫陳醫師的學妹，即將從讀了七年的醫學系畢業，第七年擔任實習醫師，勞累生活下依然好學不倦、勤奮耐操，是人人喜歡的好用助手。

舉止優雅、活潑機靈的她，也很會說話，成日帶著診治病人的疑惑、書中語焉不詳之處來詢問我，我忍不住多教了一點。一連好幾天，我們在空會議室待到下班後一、兩個小時才意猶未盡結束。有一次一邊打著病歷，差點閒談到半夜，醫學之外也聊對當今社會的不解、對時代的看法、未來生涯規劃，埋怨彷彿活在不同時空的父母和上一輩。她屢次提到喜歡一個人四處踏青，有一些口袋景點還沒去，興趣相似的我也推薦她一些行程。

以前常聽主治醫師半開玩笑道，「學弟們要多唸書，學妹們要多問學長。」現在，同時作為上級醫師的學弟和下級醫師的學長，我體會很深。被教學的機會比較少其實不一定是壞事，沒有人餵魚，就訓練自己的熊掌強壯。觀察病情、唸教科書、查詢尖端研究後，我有許多領悟。這些都不是上級主動教學，而是細究病歷、參考文獻、再請教該領域專家的成果。我也以此鼓勵高醫陳醫師，她若有所思的眉頭煞是可愛，盈盈的美眸望向我，似乎帶著那麼一點……懊惱？

在想什麼？

在想波姨的病情吧。

幾天下來，波姨的數個檢查陸陸續續有了結果，被確診腦下垂體瘤，不日就會轉到神經外科病房開刀。排檢查期間，她因為腦下垂體瘤壓迫視神經，雙眼視野模糊、行走常撞到障礙物。我們聯絡家屬請人來照顧日常起居，最後聯絡上波姨的姊姊。

波姨的姊姊每天打電話來關切，但一聊到安排照顧波姨的人力卻總是回覆看護還在找、家人都沒有回訊息。

「我們都要工作、而且都有自己的家庭，拜託你們多幫忙幫忙！」波姨的姊姊說話非常客氣、千拜託萬拜託，眾人只能喝著她送來的飲料苦笑。

「我就是睡眠很差，容易驚醒，其他真的還好。」波姨開朗說道，「不用勞煩別人照顧啦。」

住院過程中的確沒見過家屬來，倒是無法律關係、自稱男性友人的大叔常常探視，但大叔無法幫她簽同意書、平常兩人也沒一起住。

「睡眠容易驚醒可能是一種睡眠障礙，例如睡眠呼吸中止症，或單純庫欣氏症候群的症狀，哪天晚上我值班順便晃過去，幫你看看睡眠時的呼吸型態。」

毫不意外，值班當晚，我才碰到枕頭就被電話叫醒，揉著凌晨一點的睡眼惺忪，我處理著一連串毫不緊急的瑣事。

值班制度的用意是處理晚上、半夜突發的狀況，為的是救治有緊急需求的患者。但沒有制衡的機制最終都導向毫無節制的浪費，有人睡前洗完澡，突然摸到嘴角多了一塊破皮，就想立即找個醫生問「這會怎樣嗎」。有人半夜小腿抽筋，抽完後擔心會不會有生命危險，但聽完醫生提供的選項——不外乎伸展拉筋後加減考慮抽血、服藥、打針——最後都選擇「那再看看好了」。

醫療資源的浪費，罪魁禍首絕不是遇到症狀驚疑、不明究理的住院病人，而是我國醫療顢頇的制度設計，和絕大多數醫院鄉愿的態度。值班醫師的精力也是有限的資源，應該保留給有需要的重病患者，而不是在夜間處理只是心血來潮的醫療需求、或是可以在白天完成的文書作業。

解決手邊的事情後，我想到波姨，在病室門口遇到一樣沒得睡的高醫陳醫師。

她步伐匆匆走過我身邊，偏頭一瞥才看到是我。汗珠牽掛俏麗容顏，白袍下，寬鬆的值班服藏不住丰姿綽約，下頷、頸項至鎖骨的一片雪白盡顯，舉手投足、轉身，酥胸纖腰隱隱約約。

光線太昏暗，我也不敢多看。

拋開雜念，我回應她的問候。她剛忙碌完，正要去睡，恰巧遇到我，她開心分享稍早觀察病人看到罕見症狀。

幾句閒聊後，我請她陪我進入那間女生的雙人病室。

經過第一張病床躺著的失智症阿嬤，我們正準備掀開波姨的床簾，卻聽聞簾子內傳來陣陣聲響，啪啪的節拍和哼嗯的呢喃交錯。愣了一下，我感到臉頰發燙，對到高醫陳醫師的眼睛，她羞紅的神情想必也是我的模樣。

都市傳說有人喜歡在醫院尋找刺激、「解鎖成就」，沒想過會在今天被我們撞見。我們悄悄退出來，護理師們在護理站看著困窘的我們竊笑。

「你管得了他們嗎？管不了嘛！管不了的話，就不用去打擾了，讓他們開心。」

「對啊，天亮前大叔就會自己消失。」

看來這不是他們在醫院度過的第一晚春宵。

四、五個小時後，我們終於迎來早晨。

大清早，波姨的姊姊首次出現，卻只是為了簽手術同意書。本來想說點什麼，但對方一連說了許多「感謝、辛苦了」，讓我沒法說下去。一旁，高醫陳醫師也默不作聲。我們都只想快點完成任務，偷點時間補眠。

大家一起走進病室，觸目所見卻是波姨倒在廁所地上。

「天啊！她怎麼了？你們都沒發現嗎？你們到底有沒有在巡房？」波姨的姊姊尖叫道。

一時間，前一晚反覆睡眠中斷的我呆若木雞，誤會則繼續發酵。

「你那什麼傲慢的表情，我一直都這麼卑微地拜託你們，怎麼住進來變這樣？還不快幫幫她！她出什麼事，我鐵定告～～死你們！你！還有小姐……」

高醫陳醫師比較快反應過來，拉著我衝上前去攙扶波姨。

所幸，那沉重的身軀在我們的拉扯下緩慢動了起來，我們急忙呼喚她的名字。

「蛤？我很好啊！喔，我沒事啦！就坐在馬桶上睡著而已啊！」波姨搖頭晃腦、一副睡眠不足的樣子。她邊搔了搔頭邊回答我們的問話，「撞到頭？還好吧？沒有吧？只是昨晚有點累。」

我和高醫陳醫師對視一眼，然後在心裡用力腹誹。

你們昨晚是「運動」到幾點？到底有多累！

保險起見，我們還是安排了頭部電腦斷層及心電圖檢查，結果沒有任何異常。

「謝謝小姐和醫師，我知道你們很辛苦、常常加班，很感謝你們用心服務，剛剛比較急、講話比較不客氣，不好意思！小姐尤其謝謝你呀！」看到波姨沒事，波姨的姊姊也放下心來。

你這樣把小姐掛嘴邊一定會出事，我在心裡默想，護理師和女醫師每聽到一次「小姐」就會被刺激一下。

我瞄了一眼高醫陳醫師，果然看到她杏目圓睜。

「也謝謝你現在不想告我們了，不過你會白嫖妓女，白嫖完再來感謝她嗎？不會吧？」高醫陳醫師血氣方剛，加上昨晚跟我一樣值班，經歷了睡眠剝奪，面對各式各樣的要求和不滿，看來是忍不了更多委屈，「第一，我們沒收你服務費、加班費，這是愛心幫忙不是服務。第二，被你感謝完，轉頭就要擔心被你告，你的感謝我們受不起。第三，這裡不是酒店，不要叫我小姐！」

她講到耳根緋紅。

「學妹別這樣。」我在她身後小聲說，氣勢明顯矮一大截。

今天的高醫陳醫師撿到槍，理直氣壯，絲毫不受影響。

「我們跟你一樣，都希望好好照顧你妹妹。醫療的部分我們一直都很盡力，但日常生活需要協助，還是要你出面，這些我們一直都在苦口婆心地說，今天他在沒人照顧時倒下，誰的責任比較大？出院後，她日常生活一樣會需要協助，這也是家人的責任，我們不會跟著你回家。你妹妹的生死決策我們的確擔不起，所以重大決定提供專業意見讓你們討論，這一樣需要你。而會需要住院，本來就是因為病情可能會變差，一旦發生，我們也需要透過你，才能瞭解她平時的情況。我們應該是合作關係，遇到狀況一起面對，而不是住院後家人把妹妹丟醫院不管，但一出事就劈頭質問、使喚我們做事、用提告勒索。」

一口氣說完，她已氣喘吁吁，激動得眼眶泛淚，眼裡盡是挫折和委屈。

似乎察覺說得過火，她扭過頭去。我趕緊側身讓出道路示意她離開。

長照的確是當今社會一大挑戰，碰上體質不良的醫療體系，面對這些困難的醫護和家屬都很辛苦。病情穩定時，病患、家屬大多非常客氣、非常友善，而且充滿感謝，但如果病情惡化，家屬往往壓力大增，而每個人處理情緒的方式不同。偶而會遇到特別蠻橫的指責，尤其先發現病情惡化的人是家屬時。這樣的事件每發生一次，對當事人醫師、護理師都是沉重的打擊。大家矛盾地接受前者的同時，心裡也在擔心、害怕後者。結果不如意時，期待越高的感謝，會不會化為越大的失望？

只有互相溝通才能互相理解，但這些話很少醫護敢說、也很難說出口。更何況不論忙碌與否，人類疏失的發生都是數字不可能為零的機率。醫病之間，除了溫暖和合作，也多的是衝突。

轉頭我看到波姨的姊姊表情錯愕、滿臉委屈。

其實，她也很可憐。如果不是常住院的老病人、或家裡有人是醫護人員，一般人通常沒這些概念，她只是需要有人說明而已。

然而，以東方社會多說多錯、沉默是金的氛圍，以我國對醫療業不友善的法律，敢冒險的醫護人員不多。醫護懷著「有功無賞，打破要賠」的鬱悶工作時，也該嘗試踏出溝通的第一步。我相信，只要有機會好好說明，很多人還是聽得進去。

我清了清喉嚨開口，「只是想說，我們照顧你的家人，不能沒有你的幫助，希望可以齊心協力、一起合作。」

小百科

庫欣氏症候群

體內荷爾蒙失調造成肥胖、高血糖、血中電解質異常的疾病，肥胖本身就是疾病，也是許多疾病的結果。病患很少能主動察覺。

腦下垂體瘤

腦中的荷爾蒙器官長瘤，這些腫瘤是造成庫欣氏症候群的常見原因，腫瘤過大還可能壓迫視神經、影響視力。

第7章
病識感

胸腔科醫師是重症和加護病房的專家，我在加護病房蒙他們熱情教學、示範仁心仁術，現在來到胸腔科病房，感覺像國中唸完讀國小。壓力雖小，但鐵板還是有。

一百歲的馬爺爺是隨流亡政府遷來的老兵，也是有名的文豪，挺著水桶狀胸膛的他，健步如飛，樂天淳樸，開口就找碴。

「你們都污名化抽菸，我抽菸抽了八十年，養生得很，一點毛病都沒有，一百歲了沒看過醫生！」

「馬爺爺好，我是白『醫生』。」我咬字清晰地強調，「你昏迷路倒被送來急診，因為過多的二氧化碳積在血液，造成呼吸酸血症，住進我們病房……」

「那是公園打盹被抓走！我一身武藝、氣功護體、根本沒病！」馬爺爺臉色漲紅、說著說著咳出大口黃痰，我引導他運用「氣功」把痰咳到檢體盒。

「呼吸酸血症的原因，是長期抽菸引起肺部病變，無法順利將二氧化碳吐出。二氧化碳堆積在體內讓血液變酸，治療包含改變呼吸方式、服藥、吸藥……」

他邊爭辯，我邊繼續說明。

說完，我將檢體盒拿回護理站，然後找一台電腦坐下。

胸部X光是真的乾淨，實驗室檢查也沒其他特別異常，只有呼吸酸血症。急診開了吸入型藥物、靜脈注射類固醇、抗生素、止咳化痰藥，我按一下滑鼠全部續用。

過三天，呼吸酸血症改善，類固醇減成口服低劑量，準備隔天出院。馬爺爺的身體真的硬朗，而且肺活量不差、說話滔滔不絕，每當他得意洋洋說一百歲了沒看過醫生，我就請他看著我、強調我是「醫生」。

我們臭氣相投，莫名成為朋友。

出院當天一大早，大夜護理師還在逐床發藥，我帶著馬爺爺的成名作求簽名。

「呵呵，小夥子，不錯，拿來，呵呵。」

他顫抖的手拿著筆、身軀隨淺快的呼吸起伏。我察覺不對勁，趕緊準備器材，幫他抽動脈血送實驗室。

驗出來的呼吸酸血症比送來急診時還嚴重。

重新使用針劑類固醇，改善卻有限。數天內做了胸部電腦斷層、肺功能、心電圖、心臟超音波，也測了心肌酵素、心衰竭指數、甲狀腺功能、酮酸等抽血檢查。但除了慢性阻塞性肺病，什麼都沒查出來。

類固醇不斷加量，病情也不見改善，反而越來越喘。聽診器一聽的確喘鳴聲（wheezing）嚴重，顯示慢性阻塞性肺病的症狀未得到控制。這時候可能需要調整呼吸方式，並檢查藥物有沒有正確吸入。有吸，不代表有深深吸入抵達肺臟，吸藥方式也需要練習。仔細確認吸藥時的口手協調、反覆教導圓唇呼吸方式，喘鳴聲和呼吸酸血症才慢慢改善，但呼吸喘依舊。坐起來比躺著喘，體重沒有上升、反而瘦了三公斤。

馬爺爺住院滿一週的早晨，我做完例行身體檢查，離開病室往回走向護理站，邊思考著還遺漏什麼罕見疾病。

前腳剛走就聽到隔壁床的看護阿姨驚叫，「爺爺昏過去了！」

我和一群護理師衝去病床邊。

血壓量不到，脈搏微弱、若有似無，要壓胸了嗎？我拼命思考5H5T，心跳停止常見的十個原因，他是哪一個？所幸，一包五百毫升的生理食鹽水灌下去，脈搏恢復強勁、血壓開始量得到。

已經不需要壓胸急救，但怎麼回事？

回到電腦前研究資料，看到早上血糖一百九十八，最近幾天每次都在一百九十上下，我拍一下腦門，馬上插導尿管取一管尿液化驗，得到尿糖爆表的結果。類固醇引起的糖尿病造成多尿和脫水，解釋了一切。全速輸液的效果立竿見影，水分被補充回去後，馬爺爺睜開眼睛、發出呻吟，心跳逐漸正常，喘息也慢慢改善。

整個過程報告給白髮稀疏的新醫師聽，得到白眼和碎碎唸。新醫師很有個人特色，據說年輕時是院內第一美男子，但現在頂著光滑的大禿頭，只剩後腦勺殘餘一小片白頭髮。背對著我時，那根綁成迷你清朝辮子的馬尾在我面前搖搖晃晃。

「現在年輕人，都不用聽診器、狂用類固醇，血糖一百九十八都不處理。」新醫師開始了四十年如一日的埋怨，「真是一代不如一代，這一代住院醫師小事都做不好，才這一點工作量就該該叫，整天想著準時上下班，最近還納入勞基法……」

查房到下一位病人，他伸手借我脖子上的聽診器。

等等，剛剛是誰說誰不用聽診器？

下班離開醫院的路上我反省著，絕大多數的呼吸喘，都容易在輸液之下惡化、甚至演變成呼吸衰竭、插管。但脫水所致的休克讓心跳加速，也會引起呼吸喘，卻需要用輸液治療才能改善，這是例外。一開始沒想到這個可能，這是第一個疏忽。

原本就長期控制血糖的病人，這樣的血糖大多不用立即處理，但馬爺爺不是，新診斷的顯著糖尿病（overt diabetes）需要立即用藥，而從主治醫師到我、醫學生、護理師，我們太晚發現，這是第二個疏忽。

儀器檢查占用醫生的時間少、又有客觀證據讓彼此溝通，親自身體檢查病人比較主觀、醫生繁忙下也大多沒空，卻有儀器無法取代的價值，可以提早發現爺爺脫水、休克，這是第三個疏忽。

若多跟馬爺爺面對面互動，教導呼吸方式、注意吸藥技巧，而不是對著螢幕排檢查，馬爺爺可能早就出院。但我跟馬爺爺的相處還不夠多嗎？為什麼幾天下來整個團隊沒有人想到？

如果蕃薯園裡只有一兩株蕃薯藤長得枯萎，可以懷疑是這一兩株生病，但如果蕃薯園裡整排蕃薯藤都枯萎，比較可能是蕃薯園接受日照不足，背景環境裡的影響力覆蓋整座蕃薯園、影響整排蕃薯藤。

工作量過載使醫護不得不簡化並加速診治流程，這是健保體系下所有醫院的通病，試圖維持多數病人存活的掙扎。但習慣不只在忙碌時養成，還會潛移默化整個團隊。當整座蕃薯園每一株蕃薯藤都枯萎，身在其中的蕃薯藤也很難有病識感。簡化流程的醫療可以應付眼前緊繃的人力缺口，卻讓醫生無法好好診治病人；就像國家舉債、政策買票，雖然解決了眼前的需求，但不斷向未來貸款、債留子孫，什麼時候會適得其反？

制度影響下，頂尖醫院也設備不齊、人力不足、職場流動率高。而全體系的困難被拋給一線醫事人員承擔，政客見樹不見林，希望醫護「多做點功德」，家屬也不可能體諒，期待「不能少做、對我的家人要有醫德」。但巧婦也難為無米之炊，嬰孩才索取無償的奶水，世上哪有上天奉送的資源？

雪上加霜的是，診治的負擔已經不堪重荷，衛生部門還一邊用不合邏輯的指標要求照顧病人的細節，一邊增加許多浪費時間及人力的規定、及無意義的繁瑣事務。虛應故事的醫院評鑑、無實際用途的文書作業、臨終安寧照護占比的奇怪政府規定、因為上一代倫理醜聞而誕生的下一代要上的倫理課程，都是。

我想著想著，也不知道問題出在哪，心裡埋怨著政府。

針砭彼此醫術是醫界文化、是內科醫師進步的方式，但當禍首是系統性問題而不是個人造詣，優良傳統變成處刑。

新醫師和我在月底的死亡和傷病討論會報告這個病人，理所當然被眾人叮得滿頭包。若在會議上辯稱是過載的工作量造成的疏忽——嗯，還沒有人這樣做過——可能只會看起來像在推卸自己的疏忽。

羞愧地向馬爺爺坦白時，馬爺爺倒是很寬心，他竟然更得意了。

「我就說我沒病，都是你們想像出來的！」

「那我們秘傳給你的『吐納心法』你一定要勤加練習，將武林人稱『圓唇呼吸』的神功傳承後世。」

我對馬爺爺搬出江湖規矩，他笑得樂不可支。

至少爺爺康復而笑逐顏開時，我們得同享趣樂。

小百科

脈搏若有似無

摸不到脈搏代表心跳停止，需馬上展開急救，而一切的開始是壓胸。醫護會在此時尋找十個常見的心跳停止原因，稱為5H5T。分別為：低血氧、脫水或失血、低體溫、酸血症、高血鉀或低血鉀、心包填塞、張力性氣胸、心肌梗塞、肺栓塞、藥物或毒物。

類固醇引起的糖尿病

一定劑量以上的類固醇有可能會引起糖尿病，而未控制的糖尿病會有多尿的情況，若無適當補充水分，尿液流失過多會造成脫水、休克。

缺乏病識感

白話的意思是「生病的人不覺得自己生病」。

死亡和傷病討論會

將院內死亡、出併發症的案例拿出來討論，研究是否有更好的方式避免。

第8章
醫糾與醫術

如果用一個字描述胸腔科病房是「喘」，那腸胃科病房就是「吐」。醫學生時，我就見識過內視鏡中心裡的奮鬥。鮮血不斷從病人口中冒出，胃鏡傳到螢幕的畫面一片猩紅，腸胃科醫師一邊尋找胃食道的血液噴湧源頭，一邊嘗試堵住罪魁禍首的血管止血，用夾的、用綁的、用膠水、用硬化劑。清水沖洗畫面後還是有出血，重新尋找胃食道的血液噴湧源頭，再嘗試堵住罪魁禍首的血管止血，用夾的、用綁的、用膠水、用硬化劑……。

吐血的診斷最常見就是胃潰瘍、肝硬化的靜脈曲張，大多沒什麼新意，但困難案例也可以讓最有經驗的腸胃科醫師傷透腦筋。以住院醫師的身分面對，壓力更不容小覷。

掛掉「醫斯接病人～」的電話，我閱讀門急診資料、實驗室及影像學檢查、內視鏡結果，花費數分鐘草擬入院病歷。

三十歲出頭的年輕女性大吐鮮血量厥，被家屬送來急診，輸液後清醒。胃鏡沒發現出血點，只看到少量血塊，總醫師迅速挑了這位病情單純的病人住院。

還有許多病情更複雜的患者在急診苦苦等候。

不論疾病嚴重與否，健保局付的費用都一樣，而且付的是點數、不是貨幣。醫院不堪虧損，要求各單位優先收治較容易治癒、耗費醫療成本較小的病人，不然單位會經營不下去，無法服務後來的患者。這是現行制度所造成的必然結果。

值班缺乏睡眠、經歷太多恐怖狀況的我們，也慶幸總醫師沒有收病情太複雜的病人進來。

我出現打聲招呼，費小姐氣質佳又有禮貌，過去無任何疾病。

「謝謝白醫師，我覺得這次吐血只是最近要結婚，在努力減肥，壓力太大的關係～」

「胃鏡沒看到出血點，但任何檢查都有可能偽陰性，過一陣子再追蹤比較保險。」

「應該還好，我覺得是新娘症候群。」費小姐容光煥發、臉上洋溢幸福的喜色，沒有一點生病的樣子，說著小嘴往身旁一努，「我爸一直都這樣，你別在意。」

陪在一旁的是老父親，大聲講著電話的他絲毫沒理會我問診，而且渾身菸味讓我們都不住咳嗽。

費小姐的病情是不嚴重，只要恢復正常進食就可以出院，我不預期她會住多久，就沒跟費老先生多交談。

回到電腦前，我開上靜脈注射的胃藥、含糖點滴、禁食醫令。

同房間內，我身旁的醫學生，有每天數百萬當沖的少年股神、亂改學校選課系統課名的駭客、擁有一間舞蹈教室的業餘編舞老師、萬人追捧的IG網美。女波蘭畢業生炫耀她的捷克畢業生男友擅長行銷，回國開了專櫃診所、專坑貴婦。

房間裡最認真的是ＰＧＹ學妹，拼命整理著資料、寫論文，野心是走不碰人命的五官科，並在這家醫院留下來當主治醫師、升主任，主持臨床試驗賺外國人的鈔票。

聽他們閒聊，上個月許多科技股漲了一倍，我自己都差點分心、想拿出手機研究。

一同輪訓的同事、醫學生，沒人在唸原文書、研究病人、精進醫術，跟我醫學生時代明顯不同。

感到代溝出現，我趁眾人圍觀網紅直播時，拉住一位私交友好的畢業後不分科醫師閒聊，「你們個個才華洋溢，用『斜槓』的方式提供多元服務，也是另類地為社會貢獻，我才藝不多、自嘆弗如。但高明醫術的養成不容易，全力鑽研醫學、當個高明的醫生，不好嗎？」

我顧慮的反感沒出現，相反地，他似笑非笑地看著我。

「學長，你知道嗎？我爸就是醫院重症單位的主治醫師。但他總是跟我說，當醫生最要緊的是發表論文，比學習看病重要，因為醫院生存、找國際臨床試驗合作，都要靠這個，只會看病的醫生——即使醫術有一百分——也沒有未來。寫論文為醫院爭取到資源、爭取到臨床試驗經費，病人才有機會接受昂貴治療，資源都用在病人身上，一樣是救人。而且現在為了避免大學退場，政府新設品質不齊的後醫系，還每年引進程度堪憂的一百五十位波波，全國醫院診所很快就會飽和，寫論文、然後在醫院卡個主治醫師位置才是最安全的路，他也沒把握能幫我留一個醫院缺。學長是因為興趣和熱情才選大科吧？你知道為什麼主治醫師都對他們的勞動待遇諱莫如深？是不是都說不要問，工作不要想賺錢，職涯選興趣才會快樂？」

我愣愣地聽他說，聽起來，學弟有醫師爸爸指點，懂得比我多。

「因為他們知道環境不好，而醫界需要人力，太誠實會沒有高中生選公費、沒有畢業生留醫院，裡面苦撐的人需要抓交替，政府需要認命的廉價勞力。但是我見女朋友父母時，他們問年薪、資產，問我是否配得上他們的女兒。同樣是他們，認為醫師無論如何都要有醫德，沒有酬勞也該奉獻，社會賜下對醫師的尊崇，我們就要免費為人民勞動。聽起來，這行是會被告的志工，不是職業，謀生還需另尋他路。謝謝學長平常教導我這麼多、帶我執行放導管手術，不然我也不會跟你說這些。」

最後他提到，他們組成了研究投資理財的讀書會群組，問我要不要加入？

不能說完全沒一點心動。

被盯上的行業風險太大，行醫被許多人當作輔修。

門外傳來輕快的腳步聲，眾人連忙收起手邊東西。

過去被我們戲稱皮卡丘的教授出現，開始發放醫學知識，堪稱醫學生的聖誕老公公。但我剛進醫院時，先是被問書唸了哪些、有沒有問題，沒問就換教授問，問到不會回去讀。「電人」是內科醫師學習的方式，老師用考校、逼問的方式讓學生回答問題。不得不說這樣的教學方式效果卓著，皮卡丘是箇中翹楚，在「十萬伏特」、「雷擊」下存活也是大家津津樂道的遊戲。

然而，當年住院醫師邊報案例邊被電，現在皮卡丘直接帶我看病人。

「主治醫師好。」費老先生在門口跟皮卡丘打招呼。

「你好，我是你們的主治醫師，皮醫師。」皮卡丘自我介紹後，解釋著病情，「我們一開始懷疑胃出血，很常見的疾病，壓力大就可以出現，但胃鏡只看到少量血塊，跟你們描述的大吐血不符合，這是比較奇怪的地方。沒有發現出血點聽起來是好事，不過還是要小心出血的位置在更深、更難探查的位置，找到原因還是很重要。有沒有什麼要跟我們補充的？」

「沒有、沒有，」費老先生討好地笑道，「希望可以快點出院。」

那次在家吐血後，住院再也沒吐過，進食一切順利。跟父女倆討論後，我們決定讓她出院繼續至門診追蹤。

出院前，我正解釋口服胃藥宜飯前服用，卻驀然聽到「啊～」一聲，費小姐噴我半身鮮血暈過去。

胃鏡急做第二次，依然不見出血點。我建議費老先生馬上排電腦斷層血管攝影的上消化道出血流程、及紅血球掃描，甚至考慮預防性插管，卻得到「你一個住院醫師不會看病就安靜，一直吐血不止血，排那麼多檢查幹嘛？蛤？」的咆哮。

最後是皮卡丘說服費老先生簽同意書，但檢查什麼結果都沒有。重唸整章教科書，幾天下來，膠囊內視鏡、鼻咽鏡、頭頸部血管攝影也無任何異常。SOP提到的，都做了。

面對甦醒的費小姐，我開始詳細問診，此時費老先生正抽完菸回來。

芳華正茂的她有個遠距交往數年的未婚夫，兩人正甜蜜籌備婚禮。半年前她辭去工作，嘗試在家開始烘焙事業，把婚前大部分時光留給家鄉的單親爸爸，早逝的母親之外，她唯一的家人。吐血當天早晨，父女如往常灑掃庭除、閒話家常。原本以為是小病，但病情進展似乎不妙，全心全意愛她的未婚夫得知後請假，正從外地飛奔而來。病情已從「只是新娘症候群」變成奪命的不定時炸彈，深藏體內，我們遍尋不著。

吐血外，她過去無任何不適、健康檢查一切正常，平常不菸不酒，無任何家族病史，無明顯旅遊史、職業史、接觸史、群聚史，全身理學檢查也無任何異狀。

被我問了祖宗十八代，費小姐虛弱的眼神閃爍感激和期待，可能感覺到我的用心，看到擺脫病魔的希望。

「醫生，接下來呢？」她問。

調查看似膠著，但我發現她肯定吸二手菸長大，咳嗽可能不只是因為菸味。心中一動，我想到陣發性大量「咳血」該做胸部X光、胸部電腦斷層、支氣管鏡，找肺血管病灶。

我感到振奮，偵探的直覺告訴我，揭開謎底剩最後幾步。

疑難雜症的診斷，是無數夜晚進修的成果，找出答案證實自己的功力，也帶來病家心心念念的盼望。他們懸而不寧的心情終於放下時，放鬆而感激的笑容餵養我持續投入這行的熱情。助人本身更洋溢厚厚的快樂，找出答案就能對症治療，過去一直健康的她可以安度原來的人生，繼續籌備婚禮、為社會付出貢獻。

我開口準備說明，卻聽到費老先生抗議。

「接下來就是繼續排檢查，然後排了也沒結果，越住越嚴重，別再說了！我們要轉院！」

費老先生已不耐煩數個檢查都找不到吐血的原因，開始吵著帶女兒自行離院。

他眼裡的惶恐、猜忌，我都理解，畢竟時常遇到。但看到那一臉的嫌惡，我還是祈禱他們趕快離開，有敵意的家屬傷害的是犯險拆炸彈的人。

我心裡也賭氣，反正「我一個住院醫師不會看病」，家屬自己尋找信任的醫師，也不失為一個好選擇。對於我們擬定的計畫，家屬的配合和參與也很重要。診斷、治療疾病的過程都很仰賴家屬合作。

不過如果放他們離開，到下一間醫院之前，會不會又出血造成生命危險？

費小姐是無辜的，我很想幫她，但同時，她的父親令我害怕。父女倆和一旁的護理師正盯著我，等待我的回覆。

怎麼辦？

怎麼答？

機不可失、時不再來，該怎麼決定？

想到一生奉獻、勞苦功高的友科主任，去年掏數百萬私下和解後退休，試圖說服費老先生留下時，我不敢太努力勸。我的良心瘋狂顫動，但恐懼經千萬年演化，總是占上風。

皮卡丘緊接著趕到現場說明，但點到為止、不強留，轉頭看我神色困頓、萎靡，他開導，「他們有選擇的權利，醫病是緣分。」

離去時，費小姐楚楚可憐地看了我一眼、讓父親推著輪椅離開。

那眼眶裡銜著的是絕望，還是失望？

難過歸難過，我還是鬆了一口氣，這一行出大事常有，我們沒糾紛難得。醫生跟病人的互動再好，都不能阻止他的家人提告。而每天看病人無數，輸一個官司千萬。沒保護好自己的後果，前輩們都用自己的下場示範。道德、仁慈、良心變成長在蛇杖上的荊刺，握在手裡越緊、傷害自己越深。

再會比我想的來得快。

出院病歷才寫好，病人就被送回來。院外大失血窒息，到院前心跳停止。

費老先生不能接受，醫院門口舉布條七天，堅持查到底。

病理科驗屍發現氣管鱗狀上皮癌侵犯動脈（bronchogenic squamous cell carcinoma with artery invasion）。費老先生和女兒的未婚夫問為什麼是她？這麼多檢查為什麼都查不到？

不知道該怎麼回答，我靜默地陪著他們。

沒有人去提這個肺癌跟二手菸有關，或是老先生當初應該聽我們的話讓女兒留下。而從潛在被告的角度看，住院如果查出來，炸彈還要繼續拆，可能順利拆除、更可能中途爆炸，結果會是誰的幸、又是誰的不幸？

醫院裡的悲劇，洞察越透，可以發現越多。

看得多之後我隱約領會，醫療糾紛裡沒疏失就算及格，但及格到醫術高明是星辰間的距離。只求及格常得到遺體和植物人，醫術高明才能爭取存活，爭取出院時的最佳狀態。

然而，十多年的光陰，投入在救人的資源一直萎縮，行業的倒退不是一天兩天。現在醫療業前景黯淡，醫師又被迫分心外務，醫學研究為王、健保條文第一，趨吉避凶的是防衛性醫療、被迫做的是無效醫療，副業和行銷反而開闢一片天，醫術漸成為不被相信的傳言。

特別的案例還是會在醫學會裡被報導，但內科醫師沒見識過醫術極限，就像外科醫師沒看過退出我國的醫療器材，會以為救不活的病人「本來就預後差」、醫療「本來就只能做到這樣」。等醫術變成罕有技藝，醫師都難找到高明醫生的時代也將來臨。

醫學之路漫漫無涯，獨當一面的精湛醫術需要師長傳承和浸淫數年的水磨工夫。但對醫術的投入愈深，反而是為自己戴上愈沉重的枷鎖，灰心離不開醫療業，有心也是拖著鎖鏈前行。

當年輕人看清在這條路上走下去的結局，傳承醫術的火炬還會有人接棒？這個困境有沒有方法破局？

醫師是我們共同的名字，醫德是我們對人民的承諾。前人虔誠信仰這個崇高理想，古早醫師也對得起那樣的期待，他們得到應得的禮遇、讓醫者精神傳承至今。但現在的環境今非昔比，政府的作為對不起醫師的努力，制度讓我們做不到曾經的理想，人民還是拿從前的醫德要求。國人漸漸察覺醫療存在問題，醫師後進也發現專業沒有保障，兩邊都出現聲音說不再買單這套。

面對這些質問，我無話可說。

這個職業的組成本身也正在改變。

立法機關對外國醫學系不作查核，讓國內考不上大學的議員子女，只要花六百萬，就能買到不得在當地執業的外國醫學學歷，有波蘭、捷克、西班牙、匈牙利、羅馬尼亞、日本、菲律賓可以選。這些權貴子弟不通當地語言、上的是同學都只講中文的專班，因為跟不上當地課程、沒接受正規醫學教育，所以外國法律禁止他們畢業後留下。而外國學校為了收取高額學費，入學不設門檻，考試一定給過，年限期滿就發一張畢業證書，教學質量卻跟當地人的醫學系不同。十多年過去，錯的變成對的，他們靠父母的關係在醫院、診所占據龐大勢力，資方給予一樣的待遇。即使知道他們能力堪憂、不斷傷害病人，沒有背景的醫師也不敢出聲。

如果國家同情他們花費青春在國外玩樂，卻用刑責威脅醫師付出勞力、付出畢生積蓄和解醫療糾紛，作為穩定社會的手段，後進犧牲健康值班、進修為的是什麼？

世衰道微，他們做得到及格我就已經尊敬，用醫德要求像從前一樣投入醫術，我是病人也開不了口。

我驚覺，醫師的價值受到侵蝕，優良傳承面臨挑戰。

我們怎麼走到這個局面？

難道，過去都沒有人注意？

小百科

胃鏡

一根管子，從口腔進入，經過咽喉、食道，伸到胃袋，試著查看胃袋裡有無出血或腫瘤。

吐血

腸胃道的「吐血」，需要跟鼻咽口咽的「流血」、呼吸道的「咳血」區分。依原因不同，相關檢查、治療也不同，但有時候很難區分。其中，吐血可能會需要做的檢查是電腦斷層血管攝影的上消化道出血流程、紅血球掃描、膠囊內視鏡、鼻咽鏡、頭頸部血管攝影。

第9章 白血球

新聞正報導著席捲本土的新冠疫情，舉國淪陷第七天，確診案例上萬。元首發表演說、安定人心。衛生部長宣布立刻騰出全國三分之一病床救治染疫患者。同黨籍的國會副議長，同時是醫師協會會長，宣示全體醫護共赴國難的決心，以及為照顧確診者的同仁爭取到的津貼和補償，畫面賺人熱淚。

演說結束，畫面一轉，下一則新聞開始報導診所浮報健保被熱心民眾檢舉、健保局開罰斂財醫生……

休息室的眾人不約而同嘆了一口氣。

說得好聽，但美好的禮遇從來都是說給媒體聽的，私下總是打折或乾脆不兌現，跟平時為病人申報的健保治療如出一轍。核刪罰款也不需要理由，健保規範總是妨礙必要的檢查和治療，倒是不可能辦到的命令箭無虛發，衛生部門不斷要求無償加班，政府「拜託」醫院，醫院招募「自願」員工，還想捧著飯碗就不得不配合。可以想見人力有時而窮，第一線人員只好做出長官、人民都想看到的表面工程……

時間差不多了，住院醫師魚貫而出，至會議室參加總醫師的教學課程。

這次的主題是自體免疫疾病。

總醫師是美麗的學姊，清脆的聲音敘述著人體內的故事，將我們帶入征伐不休的戰爭世界。

人體和病原體的戰事亙古久遠，你來我往，推陳出新鑽研繁複的交戰武器。其中，白血球是對抗入侵者的中堅戰士，發揮各自特化的專長，配合著協同作戰。面對體內大範圍巡邏的無人機和先鋒白血球，細菌發展出隱身外殼。白血球則進一步開發熱追蹤導彈，和導彈打擊後搜索俘虜的天羅地網。

免疫系統的教育是，遇到入侵者就源源不絕從骨髓衝出、撲上去跟細菌、病毒搏鬥，對白血球來說，前仆後繼的戰鬥本身就是意義，從不需思索。

自體免疫疾病的不幸是，本該抵禦外敵的將領讓軍隊朝自己人開火。運籌帷幄的白血球有的職司傳訊協調，卻默不作聲，有的負責拮抗制衡，也無力擺平。還是有人堅守崗位，但孤掌難鳴。入侵者時而進犯肆虐，體內住民常常犧牲。同時，罪魁禍首持續侵蝕整體的財富、破壞軍隊的結構、削弱團結的力量……

來自體系內的背叛，沒有好的處理方式。

醫院所屬財團的總裁是兒科醫師出身，但已數十年沒行醫，孫媳婦懷孕期間罹患全身紅斑性狼瘡，全家族對病情緊張兮兮，就是這樣的狀況，只能控制、難以根治。

國色天香的賈小姐是年僅二十四歲的年輕媽媽，世紀婚禮下嫁給總裁的長孫，卻在懷孕六週臉起紅疹、嚴重水腫，接受腎臟切片才確診全身紅斑性狼瘡。當時決定繼續懷孕、邊控制病情，沒想到在懷孕中期又遇到高血壓急症。醫生一度考慮讓胎兒在二十五週早產以拯救媽媽，但家人不願意。最後，媽媽冒生命危險，醫護使出渾身解數，硬是撐到三十二週才讓小孩出生。

診斷玄奧抽象的疾病、治療複雜多變的病情，不得不說，過敏免疫風濕科醫師思考靈活，整體團隊也合作無間。

今天是產後首次回診，小孩已三個月大。嘈雜的醫院大廳，人人緊張地偷瞄鄰近生物，深怕吸入致命的空氣。

這樣的驚擾自然不會落到總裁的孫媳婦身上。醫院是財團的，財團是總裁的，就算疫情橫行、醫療滿載，空出一間單人病室讓媽媽和曾金孫休息也沒什麼特別。

住院醫師的我聽總醫師詳細交班，乖乖完成病歷、一一問候眾人。

賈小姐是法律系名列前茅的班花、畢業即考上律師，正哺乳著懷中的嬰兒，臉頰上的紅暈是發病時的殘留。陪在身邊的是先生的妹妹（小姑），和小姑的先生，夫婦倆雙雙表明醫師身分。小姑高中畢業即經由議員經營的留學代辦公司買了西班牙其中一間醫學系的入學資格，回國後嫁給資歷完整的名校醫生。

賈小姐身體無任何不適，住院只是為了接受例行抽血、影像、超音波檢查，順便做健康檢查項目，都有人安排好了。

被提前通知的主治醫師很快現身。

主治醫師是我初入醫院見習時的導師，睿智明亮的雙眼依然炯炯有神。死腦筋的我很幸運由他領進門，他的提點被我奉為圭臬，傳承的種子是他種下的。不過，身懷不按牌理出牌的創意，我也讓老師非常頭痛。

一晃眼，我踏上跟他一樣的道路，成為救死扶生的內科醫師，機智的決策我非常擅長，遇到我的病人相當幸運，存活率高、功能恢復又好，疑難雜症可以得到診斷。而老師也成為醫院數十年來最年輕的教授，學會史上頭髮最黑的理事長，在國際上享有學術盛名。

相對資淺時，我以為前輩們醫術高明是尋常。較資深之後我才知道，高明還是有分程度，我的師長們診間外皆人山人海有許多道理。傾囊相授的傳道之恩，我更是心懷感激。

時隔多年再聽到老師的教學，如沐春風。老師關心我的職涯和發展，並給予叮嚀、建議。

隨後，我跟著他的步伐，走進病室。

醫病雙方一見如故，寒暄後熱絡地互相介紹，正逢孩子的爸爸帶著總裁到來、被恭候多時的護理長殷勤迎接進病室，一時間氣氛熱鬧。

「白醫師，這幾天拜託你囉！我看你的藥方開得很仔細，這麼年輕就有這樣的專業，非常了不起！」

活絡的氣氛中，在老師身後的我沒想到會被總裁點名，措手不及，唯唯諾諾。

總裁和藹地繼續道，「大圓圓你知道吧？我們醫師協會會長，我要好的同學。那些昂貴的骨科醫材原本要自費數萬，最近不但納入健保，價格還砍到六成，都是我們的功勞，膝關節注射藥物也是。那些外國廠商恨我們恨得牙癢癢的，卻也莫可奈何。」

看到我認同的神情，他滿意地點點頭，又幾句閒聊，眾人隨他離去。然而，老師在走廊一角把我攔下，將我國醫療體系的問題娓娓道來。

原來，財團底下有我們醫院，也有保險公司。

非攸關人命的項目納入健保後，保險公司需要理賠的保單少了許多，未來利潤肯定大增，對病人卻是禍不是福。許多治療用在輕症，可加速病情改善、促進生活品質，但非必要、價格親民、有替代方案，商業保險或一般國人有能力負擔。

納入健保後看似人人免費享有，事實卻是——以脊椎骨耗材為例——病人有數節脊椎骨需要使用人工材料修補，但健保只給付一節的費用。衛生部門還規定不可讓國人自費而不使用健保、也不可讓國人額外購買更多或更好的醫材，讓國人沒有機會動用到商業保險。

醫師則只能用一節的手術材料修補數節脊椎。

醫師陷入無兵可用的窘境，國人就算願意使用保險自費也買不到合適的治療，只有保險公司收取保費後樂得不用出險。

醫材自費上限的訂定及議價，也迫使原廠醫材退出我國市場，讓國內少數不肖廠商以較便宜、成本較低、但不堪用的產品晉升我國市場主流，病人能用的治療越來越差，醫師的工作越來越困難，國人高額購買的醫療險毫無用武之地，只有保險公司的收益越來越高。

而我們醫師、我們醫師的家人也會生病，也會有需要用到這些治療的一天。

就算是無力負擔自費醫材的弱勢族群，他們對這些治療也不關切。他們掛念的是平常尿布、管灌飲品、傷口護理、照顧人力等所需的費用，他們無力負擔平常家計、和接受治療所衍生的後續照護，遑論考慮這些治療本身。

參與政策制定的大大小小會議，除了醫師協會會長，也有身為醫師的各大醫學中心院長、財團醫院代表，大多都是醫界同行，甚至學校師長。面對高層的群體腐敗、自己人的全面破壞，有心守護醫療產業的前輩雖然也不少，但他們即使有心也莫可奈何。

聽完這一席話，我心中五味雜陳，老師離去。

這都不是住院醫師的我能置喙的，我確保賈小姐的檢查順利完成，然後判讀並報告結果。

等待檢查結果的日子無聊，小姑常來陪伴、順便逗孩子。

每天我都會出現問候，今天她們剛做完瑜珈，正享用著小姑帶來的大補雞湯。

「檢查已全數完成。今天是週五，如果下週一結果出來都沒問題，就可以出院。」

「謝謝你的照顧，週末見不到你我會很不安心呢！」

「放心，我週日值班，到時候也會來關心你的病情。」

疫情嚴重，院內感染時有所聞，但家族成員照樣進進出出，防疫規定限制的是遵守規矩的人，不是制定規矩的人。

一開始還有人埋怨，但護理站每天收到一家人請所有人的飯店餐盒，第三天就沒有人再說什麼。

週日早上八點，我懷著憂鬱、抗拒的心情上工，準備迎接二十四小時不間斷的電話和全病房事務、為所有狀況扛責，直到週一早上八點，然後繼續上班，時薪六十三元。

上班第一件事，我先探訪賈小姐。

「賈小姐，你還好嗎？你看起來不太舒服。」一進門我就察覺不妙，端坐著的她冒著冷汗。

「我胸口悶悶的。」賈小姐有氣無力地回答。

「而且你看起來很喘，躺平會不會更嚴重？」我接近病床，觀察到床頭被抬高到接近九十度。

「會，我昨天整晚坐著睡，現在頭暈。」她虛弱地說。

我也感到頭暈，病情至少從昨晚就開始進展了，現在最重要的是調查原因、找到治療方向。

「尿有沒有比以前少？」我繼續問。

「昨天上廁所，的確沒幾次。」

「這些症狀從什麼時候開始？」

「昨天就有一點，剛吃完早餐更明顯。」

的確非常明顯，我一進門就覺得壓力山大。

看了一眼一旁食物的殘餘，真是豐盛可口的大餐，但在病情有變化的當下卻可以瞬間變成致命的毒藥。她描述的都是急性腎衰竭造成水分和毒素無法排出身體，在體內不斷累積，造成心衰竭、呼吸喘的典型症狀。

「這兩天還有其他不適嗎？」我問。

「沒有了。」

「腳是什麼時候開始腫起來的？」我檢查著兩隻腳的水腫，問道。

「大概兩天前。」

「昨天和前天，整整兩天，怎麼都沒有跟我們說？」

「我以為還好，平常也有小姑幫我看著，而且我想說明天就要出院了……」

「如果病情有變化，出院計畫就會調整，下次記得要早點跟我們說。」該問的都問完了，我果斷結束話題，轉身出去找護理師來幫忙。

生命徵象測量發現，血氧正常，血壓正常偏低，但心跳只有三十下！緊急做心電圖、照胸部X光、抽血，發現心臟傳導異常、胸腔積水、血鉀高達八．〇、血中酸鹼度只有pH值七．二，看起來是腎衰竭引起嚴重高血鉀合併代謝酸、心搏過緩、肺水腫。

高血鉀合併嚴重代謝酸是可能隨時心跳停止的急症，看那副暈暈的樣子，還要留意心因性休克。通知家屬和主治醫師之外，我趕緊使用強心針和最大劑量的利尿劑。

到了下午，家族成員陸續到來，個個滿臉焦急，但腎臟還是不製造尿液。孩子的爸、小姑夫婦倆、其他家族成員都在，竊竊私語著。總裁慈祥地輕搖懷裡的嬰兒，安撫曾金孫。

「現在什麼情況？」孩子的爸焦急地問。

「賈小姐今天急性腎衰竭、又碰巧吃得營養，體內一下累積過多毒素和鉀離子。『鉀』是血中重要鹽類，正常範圍狹小，濃度太高、太低都會影響心跳。現在血液中『鉀』的濃度太高，是急性腎衰竭的急症。今天的狀況推測是腎臟失去功能，無法排出血中的『鉀』，又不幸吃到富含『鉀』的食物，讓病情雪上加霜。所以她現在有生命危險，可能隨時心跳停止。我先處理完、待病情穩定後再跟你們說明。」

「主治醫師人呢？」有人問。

家屬總是會在這種時候找主治醫師，但主治醫師已經許多年沒值班了，電腦系統更新過幾次之後，有些功能都不知道有沒有用過。通常，住院醫師和主治醫師合作的模式是前者負責執行，後者給予提醒、建議、和特殊狀況的指導。

「老師今天在外縣市參加研討會，第一時間接獲通知就取消演講、往這裡趕來。電話中我跟他報告過目前狀況，他已經瞭解並且提醒，如果高血鉀降不下來，就盡早安排洗腎。」我簡單說明後，繼續忙進忙出，這樣的危急狀況一刻都不能等。

降血鉀的藥物都用過一輪了，再驗血鉀八・二，竟然更高！看來洗腎是唯一的標準治療方式，但週日是沒有洗腎室的，我趕緊打去加護病房詢問。原本以為幫總裁的家人要到一張加護病房床位洗腎絕不成問題，結果加護病房竟然滿床！

我頭痛，一般這個情況只需要去加護病房洗腎就行。但現在卻可能需要插管，用強心針和節律器支撐到明天週一洗腎。然而，因為安排不到洗腎而插管得不償失。再來，插管和節律器都救不了心臟，不洗腎解決根本問題還是很危險。最後，這位病人出事會不會有人來討交代。要掉誰的腦袋？

今天運氣實在很差。一天下來撥了幾次電話給總醫師求救，但每次打過去都是忙線中。護理師能幫的忙也有限，護理師流動率高，剛好今天全病房護理師都相對資淺，狀況十萬火急還是需不厭其煩地詳細指示，而我同時還有一整個病房的其他病人要顧，他們的性命也不時在生死之間徘徊。

不過也好，面對資淺的護理師，我運用旁門左道她們也不會知道。牙一咬，我把醫院有的每一種瀉藥都開立出來。半小時後，賈小姐開始狂瀉！數公升的水分和大量鉀離子從腸道流失，同時點滴補充著不含鉀離子的輸液。數小時內，頭暈、冷汗、胸悶開始改善，心跳也趨向正常。

傍晚，血鉀降到五．五，危機解除，只是賈小姐的肛門可能會腫腫的。我相當高興，這是今天的突發狀況能得到的最好結果。

我走進病室準備說明。

「是不是你們前天給她做胸部電腦斷層傷到腎？」一走進門，小姑首先發難，「我很了解我嫂嫂的病情，全身紅斑性狼瘡明明控制得很好，沒事怎麼會突然腎臟壞掉？」

房間內所有人的視線都集中到我身上。

「健康檢查的胸部電腦斷層不含顯影劑，對腎功能沒有影響。」我冷靜地回答，其實內心翻騰，心臟砰砰亂跳的同時，我慶幸小姑把難題變成送分題，「目前看來最可能還是全身紅斑性狼瘡猛烈爆發，快速引起腎衰竭。病情爆發的原因通常不明，自體免疫疾病患者唯一宜避免藥膳，尤其增強免疫力的中藥，她最近有沒有機會誤食這類補品？」

我是無意詢問，但房間內雞湯補品的香味在我的說明下瞬間濃郁起來。所有人的視線回到小姑身上，我也直勾勾地望向她的眼睛，看到心虛、惱火、和半掩在口罩下的慍怒。我心裡也不快，為什麼一整天忙進忙出的是我，坐在一旁、要我為疾病爆發這種隨機事件扛責任的人是你？還讓自體免疫疾病病人誤食藥膳？

後門引進的同袍，累積許多人的不信任。老一輩醫師、水準低落的政客想讓自己的子女當醫生，施壓國會強開法律漏洞，卻沒問過國人誰願意給他們治療。患者不自覺地犧牲，同業收拾著他們的爛攤子、敢怒不敢言，整體醫療業的價值和長遠發展，數十年來也被掏空得一乾二淨。

主治醫師的來臨解除了緊繃的氣氛，我向眾人說明了事發經過。老師聽到瀉藥時表情有些錯愕，一家人得知腎功能不一定能恢復時深受打擊。老師經驗豐富地帶他們到會議室休息，我則到休息室喘口氣。

全國每一家醫院，週日都沒有洗腎室，但加護病房滿床是因為收了相對輕症的病人，讓每一張床位每天都可以申報健保給付，彌補平常就入不敷出的收支。這些相對輕症的病人一樣從加護病房的照顧受益，其實也是妥善利用資源，但一般病房也常發生病人需要進加護病房、卻苦無床位的憾事。

這是制度設計不良，醫院經營也有其考量。而醫院已經在努力降低成本，努力到我急救時都沒得使用許多重要器材。

醫師前輩在想什麼？尤其位高權重的那幾位？

許多醫師前輩，過去是醫生，現在是官員，但討論制度時，是醫生還是官員？就像我們總裁，現在是醫生還是商人？疫情爆發以來，許多前所未有的亂象紛呈，這些前輩卻沒有站在捍衛專業作法的陣營。檢驗新冠肺炎病毒被莫須有的名義禁止；高能疫苗和排冠湯都未經藥物上市的ＳＯＰ就被用在人體。醫療專業前有自己人擾亂，後有政府帶頭發起破壞，這些對原本就難做的醫療業來說都是雪上加霜。惡劣待遇換不成比例的風險和勞累，醫檢師、放射師、護理師早就紛紛出走；連公費醫師都不斷逃離至相對不險惡的業務，救命的醫師越來越稀缺；許多醫師同仁也計畫幾年內離開醫院、轉換跑道。不知不覺，連我都萌生離開醫界、甚至離開本國的念頭。按醫療品質持續下滑的發展方向，輪到我需要醫療時，會是誰來救治我們？

煩亂的心思無暇掛念亂世，我搖了搖頭，去飲水機裝水。

經過會議室時，小姑的聲音從半掩的門傳出，「正常來說會安排緊急洗腎，而不是這樣狂瀉吧？」

「這會影響未來腎臟恢復嗎？」我聽到有律師執照的賈小姐也在問，「你們的醫療常規裡面有嗎？我的屁股現在又熱又痛！」

「洗腎雖然可以快速解除危機，但對腎功能的長期康復有可能不利，腹瀉的話不知道，因為沒有相關的醫學研究可以回答這個問題。無論如何，險些因為高血鉀而心跳停止的當下，腎臟的長期病程不是重點。如果無法取得洗腎設備，這個作法很合理，肯定利大於弊。」老師的聲音在為我辯護，「至於腎功能的恢復，最重要的還是要把爆發的疾病控制下來，這個交給我們，不要擔心。」

我感到沮喪、也感到羞愧。沮喪的是，當對方站在病患家屬的立場時，無論迎面而來的是什麼樣的質問，我只能消極化解，不慎說出真相反而不利於我。羞愧的是，現在是老師在幫我消弭來自他們的不滿。

下午家族成員一一到場時，如果我優先解釋病情、安撫他們的心情，肯定能避免急救過程中眾人的猜疑和後來的衝突，但當初果真如此，我還有時間顧及其他住院病人嗎？我還可能及時避免賈小姐心跳停止？我也沒料到，完美地挽救她的急症後，迎接我的會是這樣的結局。

可能沒有人真的在意我傷害賈小姐的肛門黏膜，可能大家族看不上我一個小人物，後來沒有人跟我計較。但我也開始思考，如果前方將士奮勇禦敵，後方叛徒暗地捅刀、攏財團魚肉鄉里，白血球的捨身是為了什麼？為了誰？

小百科

利尿劑

腎衰竭或腎臟失去功能時會使用的藥物，可以讓還沒失去功能的少部分腎臟製造尿液，以排出水分和毒素。其中，排出的毒素包含多餘的鉀離子。

腹瀉

拉肚子的定義是每天大便超過兩百公克。大量腹瀉的情況下，水分會從腸道流失造成脫水，身體的鹽類、鉀離子也會從腸道流失，造成低血鉀、電解質不平衡。

第10章 布巾上、布巾下

「等一下！等一下！輕一點啦，太粗了！這麼大根？啊！啊啊啊！你要進去幾公分？」

「不到兩公分，」中醫系的表妹翻著白眼望著我，等我情緒平復，「我根本還沒碰到你！你行嗎？你到底有沒有要讓我練習針灸？」

「行！但是等一下！」我躺在表妹的沙發上急切地大吼，「那根針幾號？十八號？二十號？我要最細的！」

「我的針不到最細二十五號針的一半粗好嗎！表哥！你也太誇張了吧！」

「還有、還有，同意書都要寫，適應症是什麼？有沒有副作用？替代方案呢?如果不扎的話會有什麼後果?你總要說一下吧!」

針灸很少會有危害,而且對一些神經學症狀、功能性問題有奇效,可惜難以被統計證實,又不一定能再現。到底是真有療效,還是安慰劑爾爾,一直都是醫界爭論不休的話題。不過,我當然沒有想這麼多,只是純粹害怕、想拖時間。

「同意書是你傳訊息來,我跟你說扎十針換我介紹我同學給你認識,適應症是你單身又沒女生朋友,副作用頂多岔到氣長不高,就像你現在這樣,替代方案是自己載幾個交友軟體碰運氣,不扎的後果是你會孤老終身!」

表妹也是犀利而果決的個性。

那天,我只捱了八針,表妹就放過我、大方給我她高中同學的賴,是位笑容甜美的工程師。

「看你這麼可憐給你打八折,健保精神。」她說。

我持著針,想著那天的失態,很佩服眼前這位伯伯,人稱勇伯。

隨著疫情擴散,新冠肺炎隔離病房擴增,內科住院醫師的我們責無旁貸,第一批被抓進去輪班照顧病人。

新冠肺炎隔離病房內，勇伯忍著病痛平靜地躺在病床上，我則穿著悶熱厚重的隔離衣，正要幫他放頸靜脈導管。待會腎臟科還要放洗腎的雙腔導管，心臟科還要放暫時性經靜脈心律調節器。這些管路都會插入體內深處，而全部過程他都會是清醒的。

「勇伯，我現在要從脖子放管路到靠近心臟的大血管，會有點痛但別怕，我也會幫你局部麻醉，讓你比較能忍受。你的病情不放不行，放了如果出現併發症，例如氣胸，我們也都很有經驗，會馬上處理。」

「來吧！」勇伯是經歷了大風大浪的人，鼻胃管、尿管、肛管、胸管、腦室引流管，年年插管接呼吸器的他，答應我時眉頭都沒皺一下。

身為被扎幾根針灸都要哇哇大叫的人，我相當佩服，更不用說他在接受手術時雙眼被布巾一蒙，什麼都看不到。

「臉被布巾蓋住不要緊張，這是為了消毒、無菌，如果有什麼狀況出個聲，我們就在旁邊。」

「你不用為我擔心，我一直在你們醫院看病，你們技術很好，我相信你們！」勇伯對我們充滿信心。

「那我開始囉！」

放管子的過程，不斷有電話打進來。兩手戴著無菌手套，我一邊分心操作放頸靜脈導管的步驟，護理師一邊幫我拿著手機，讓我隔著隔離衣接聽。

「可以大聲一點嗎？你說四十八號床睡不著要開安眠藥？怎麼睡不著？什麼？白天太無聊睡太多？好的，我在放導管，請他稍候。還想要擦涼涼的藥膏？好的。蛤？他想要越快越好？我還要忙一陣子，如果他們不清楚狀況的話要幫忙說明，我們是醫院、按輕重緩急提供治療，不提供便利，不能這樣濫用醫療資源。還有什麼事嗎？」

布巾下，勇伯靜靜地配合著，沒有亂動、不發一語，布巾上我一切準備就緒後，切開他的皮膚、刺穿他的頸部血管，鐵絲、鋼針、不同粗細的塑膠管進進出出。一些很基本、但很好用的器材，都因為收益不敷成本，病房已經無法再提供給我，我只能冒著冷汗、用技巧彌補。這些器材明明沒多少錢，多數人都負擔得起，如果因為幾個小錢就能解決的器材問題，造成無法彌補的後果，豈不可惜？

我也不禁想到，果真如此，被醫院、被家屬、被法院究責的，會是操作手術的我，還是克難、難用的器材？

中間又分心接了一、二通電話，我才順利完成這個手術。

「唯~陳小姐你好！我是新冠肺炎隔離病房的醫生，請問你剛剛有打到病房來找我嗎？是什麼事情呢？」

「我打四、五通了！我爸爸一個人在裡面，我們都很擔心。為什麼你現在才回電？你知道我們一家人因為爸爸住進去之後沒消沒息都不敢睡嗎？」

「不好意思，我上午都在做治療，幾分鐘前才完成放導管手術。現在環境我們的護病比高達一比八，希望你體諒我們也有其他病人。」

「其他病人？你要看誰比較危急吧！我爸年紀這麼大、每天吃這麼多藥，平常不舒服都忍著，是在病情很複雜的情況下確診，送急診時顫抖成那樣，他的情況才是最嚴重的那種，是吧？我只是問現在住進去後，到底什麼狀況而已，你們也不要什麼都怪環境。」

聽得出來陳小姐非常擔心，新冠肺炎對大眾就是意味著未知和恐懼。

即使明白這點，我還是感到沮喪。每位家屬都認為自己的親人最嚴重，但每位住院病人都一樣重要，到了一定年紀，誰不是每天一把藥？大環境下我們跟家屬一樣也只是其中一員，而我們常常被夾在中間。家屬覺得我們該做更好，衛生部門也不提供資源、只會用一紙命令強迫。

問題的根源，主要還是政府掩蓋醫療崩壞的事實、將醫療當成福利宣傳得很好，作為他們的政績，給國人一個錯覺：國家官員提供優質醫療。

醫療量能一定足夠，全民都能及時就醫！他們總是這樣說，贏得選民的掌聲，但事實上他們什麼資源都沒給、什麼支援都不足。而平時投訴信箱的內容都是抱怨醫師、護理師做得不夠。一旦出事上新聞，面對家屬尋求真相、淚訴悲慟結局，民意代表也第一時間抨擊醫院，責怪牽涉其中的一線醫護該做更多。

病人能被照顧好，醫師、護理師的工作也會變輕鬆，全體系裡，最站在病人和家屬這邊、最為國人著想的夥伴，就是我們醫護啊！

疫情之前，醫療早就崩壞十年，疫情爆發只是讓大眾有感。我們本來就一直在默默地克難行醫，選擇能救的先救，沒有疫情時就這樣看著、承受著。

「你爸爸的病情跟昨天差不多，只需要用到少量氧氣補充。他進步比較緩慢，目前還沒太多變化，但我想你可以不用擔心，病情還不到嚴重，我們又用了最有效的抗病毒藥，康復應該不成問題。如果有任何狀況我們一定會立即處理、然後通知你。」

「給他吃排冠湯會加速恢復嗎？」

「不會……」

「為什麼？我想給他吃可不可以？」

「如果他吃了拉肚子，病情只會更複雜，我要處理的難題只會更多。排冠湯若真的有效，全世界先進國家都會搶著讓它上市、治療染疫病人。但這個東西全世界只有本國人在吃……目前的研究方法、人數、規模都不足以證實它無害而且有效。它不是標準治療，讓病人服用不符合目前國際針對新冠病毒制定的SOP。」

「沒有啊，如果不是標準治療，那為什麼大家都在吃？而且政府公費採購，許多網紅也分享相關研究報告？十二位病人的研究還不算多嗎？」

我猶豫了一下，陳小姐聽起來已經做了許多功課，也許我可以嘗試說明，讓她瞭解？如果每次都放棄溝通，醫護人員有何立場認為國人沒有同理心，有同理心的前提是要有管道瞭解正確資訊。

我深吸一口氣，想好措辭後開始解釋。

「醫療保健是一塊很大的市場。近百年來，全世界先進到落後國家都有無數商人想要把手伸進這塊市場，各式各樣的手法都有，地下電台、公園直銷、手機訊息、商業廣告、社會名望人士代言、政治人物站台，甚至廠商會拿看起來很厲害的『美國研究院技術轉移』、『美國疾管局官方期刊論文』、『實驗室高科技數據』、『國立大學附設醫院醫生背書』、『總統和副總統支持』出來宣傳。這些手法對內行人來說從來都不是新把戲，但我們只會讓經過重重把關的產品合法上市。全世界國家的主管機關和醫界，唯一認可的第一道關卡是在現實病人身上看到的直接證據，也就是硬成果 (hard outcome)。廠商想要證明自己的產品安全而且具備療效，硬成果的及格線就是：挑選出數百位適合的患者，符合倫理的情況下，把他們隨機分配成兩組，一組接受安慰劑（即不含任何有效成分的空包彈）、一組接受廠商研發的新產品（即疫苗或抗病毒藥），然後看一段時間內這兩組患者的命運（住院率、死亡率、染病率、生病後康復的速度等）是否有數學計算上的不同。因為『服用治療本身就有心理安慰效果、就能讓人感覺有效，不這樣設計沒辦法證實產品真的具備療效、可以安全地用在患者、可以讓公共政策採納。這還只是及格線而已，並不是這樣就能讓產品上市。反過來說，如果你成功研發一款真有療效的產品、通過層層把關都屹立不搖，你的產品就可以行銷到全世界，賺取豐厚利潤。我國也有優秀公司研發出幾樣這類產品。近百年來，全世界國家都遵守這套規則。說這麼多的意思是，我們醫護人員為患者本人的生命和福祉負責，其他考量都排在後面，我可以體會你渴望爸爸康復的心情，所以你大概也同意目前的共識，通過硬成果的產品才能用在爸爸身上。」

電話那頭沉默了一陣子。

「可是我自己也有吃排冠湯，我覺得它很有效。」陳小姐堅定不移。

「好吧，那它可能有『類療效』……」我放棄了。

公務手機又響了起來，我以其他病人需要我為由告退，這時候我還不知道幾天後會收到投訴，「醫生不讓我爸爸用公費排冠湯、剝奪屬於我們的權利！」

早知道何必說這麼多，直接當千元的瀉藥使用就好。

接起電話我聽到的是總醫師M學長的聲音。

「唯～小白！我跟你說你今天晚上會辛苦一點，待會要麻煩你幫三十個護理師採檢鼻咽PCR……」

「三十個？為什麼？怎麼了？」我大吃一驚。

「你應該遲早會聽說，所以我跟你講，你先不要說出去。人文大樓的十八樓已經被封起來了，裡面二十一個病人和醫護確診，只是消息被壓下來而已，不然我們的群聚規模比那家龍頭醫學中心更大，早就上新聞了……」

「什麼……」我一時說不出話來。

「而且，已經封兩週了……」

「兩週？」我更吃驚。就在這家醫院發生，但我完全不知情。

「對，一直有醫護同仁和病人輪流確診，我們已經每三天都採檢一次，環境消毒也是消了又消，病毒還是在病房內傳來傳去，連感染科都不知道該怎麼解釋。」

「你們猜測為什麼會這樣？」

「很多可能，畢竟病毒一定是依賴人體傳播，而所有檢驗都不是百分之百，所以肯定有疫情在病人和醫護之間小範圍流傳，只是沒有被我們抓到而已。但都每三天全員採檢一次了，怎麼還會抓不到？」

我沉默，我想到我們同屆群組內的話題。好幾家醫院都院內感染嚴重，醫護私底下人人有症狀，但沒人去採檢，院內疫情也沒有曝光給媒體。

確診的醫護一旦被隔離，沒確診的人工作負擔就更大了。原本五個人的班表少了一人，同事的值班次數就從五天一次增加到四天一次，工作量大增。

原本四個人的班表更不堪設想。

而被確診是放假，假是你在放、班卻是別人在值，不能私自讓自己放到假是上級和同儕明示暗示的潛規則。

所有人都清楚，是否確診是選擇、是可以控制的。要不被確診很簡單，醫護人員常常自己採檢自己，採檢棒挖耳朵不要挖鼻咽就好。

所以，大家都不敢讓自己被確診。出現症狀就遲鈍一點、自己少一根筋，硬撐著上班，沒發現就不用採檢。

不知道M學長知不知道這些細節？

就算知道，也是糊塗好辦事。確診案例都會通報到衛生部門，中央也掌握著院內疫情，默契是大家一起鄉愿。

醫療量能早就過載，國家社會還要求醫界一力吃下全部疫情工作，相對地就一定要有人付出代價。住院病人和醫院的醫護同仁非自願地、一起被強加這些代價。

「總之，」M學長繼續說道，「我們主任平常人很好，但最近他壓力也很大，我昨天才因為這件事被罵很久，院內感染兩週都無法清零，還找不到原因……這客觀上看起來就很不對勁，沒辦法向上面交代。反正就是這樣，你自己也保重。」

電話掛斷後，我划著手機裡最新的新冠疫情消息。從高能疫苗、排冠湯、到國內疫情，新聞報導和國人認知的現實，跟我所瞭解的事實是兩個世界。

我們隔離的是病毒傳播？還是消息傳播？

我把勇伯的雙眼蒙起來，是為了鋪單幫他執行無菌手術，過程如此恐怖，但他還是把生命交到我手中，因為相信我，我也很慎重地看待這件事。如今，有人把我們瞭解真實的眼睛蒙起來，布巾上，他在幹嘛？懷著什麼心態？我們把什麼交到了他手中？布巾下，我們相信他嗎？他，又是誰？

小百科

新冠病毒的標準治療

包含瑞德西韋、Paxlovid、Molnupiravir、許多單株抗體、類固醇、免疫調節劑，不包含「排冠湯」，或其他宣稱有抗病毒效果的產品，這是科學事實，是全球共通的醫學SOP，不是政治。

新冠病毒疫苗

除了世界衛生組織（WHO）認可的疫苗，其他疫苗大多無足夠醫學證據支持，有害而無益，這也是科學事實，是全球共通的醫學SOP，不是政治。

第11章 新冠肺炎隔離病房

「好的，高伯伯，你的情形我大致瞭解了。總結來說，你有糖尿病、心臟病、心臟血管還放過支架，今年也六十六歲了，所以感染新冠肺炎比一般人還要更危險一些，住院比較安全。我們會規則監測你的生命徵象，給你抗病毒藥物。一般來說，你這樣的情形大多隔離期滿就可以順利出院，住院只是以防萬一。護理師幫你做治療、執行我們安排的檢查，抽血、照X光這些，再麻煩你多多配合。」

時間是假日早上八點。仔細病史詢問後，我向高伯伯說明。他剛從急診住進新冠肺炎隔離病房，正對突如其來的確診感到徬徨無措。

「你這個醫生不錯，像你這樣講就很清楚。」高伯伯瞧著我，滿意地笑瞇了眼，「比起來，剛剛我兒子送我來急診，小姐好兇喔！劈頭就叫我躺到床上不要動。抽血、做心電圖、戳鼻子，都沒解釋為什麼。醫生也一樣，就是瞄了瞄電腦然後冷漠地說一句『你要住院，在這裡等。』其他什麼都沒說，我就這樣被糊里糊塗送進來了！手機充電線、牙刷不能回去拿算小事，我確定一下錢包在不在身上還被催，從頭到尾又忙又亂。我不是在抱怨你，我覺得你做得很好，但你們醫院如果一開始就把來龍去脈解釋清楚，這樣會更好啦！我是比較明理，遇到稍微沒有同理心的，這樣肯定出事，搞不好還鬧上法院。」

我努力微笑，用笑容掩飾無奈。

高伯伯的心情我很可以理解，怎樣比較好我都心裡明白，醫院也明白，而且更好還能再更好，超乎國人想像的好還有很多。

我聽過無數次「醫院怎樣會更好」，有資源的話這些都不是問題，問題就是沒有。醫院做不到更好，醫護人員也有心無力。國人所不知道的是，大家平常享受的許多檢查、治療都是醫護熱血付出，沒有人為此付費。對於免費享有的服務，是我的話會有三分感恩，沒辦法視為理所當然、不斷要求被服務得更好、甚至覺得可以心安理得鬧上法院。

隔離裝下，我的表情可能有些尷尬了，高伯伯似沒注意到地繼續。

「疫情期間真的很感謝你們，不過我跟你說，我們年輕時也很苦，大家都是苦過來的，每個地方都是這樣。我大學畢業時同學都出去求職、面試，只有我考研究所、唸博士班，花幾年寫完論文畢業。那時候大學都沒幾個博士，我熬完之後馬上變業界搶手人才。不過，剛進公司前幾年，我一樣被從早操到晚，年底拼業績時幾個晚上都沒得睡。這樣埋頭苦幹才好不容易當上主管，一路爬到現在的位置。相較之下，沒有博士的同學大多還在基層苦幹，所以說，要趁年輕多努力，學位很重要。當然，中間也少不了考驗，我當上主管就遇到競爭對手打訴訟戰，攸關公司幾千萬利益，我花好一番功夫才擺平。扛著房貸養小孩更不用說……」

我終於發現高伯伯應該是看不清楚隔離裝內我的尷尬表情。

我很努力同理他年輕時的辛苦。我每天也從早忙到晚，每月有好幾天值班日沒得睡，而且時時刻刻都在努力讓人不要告我幾千萬，同時還要寫論文、準備考試、花許多下班後的時間進修，不時就冒出來的專案也少不了，前途卻不見得跟這些努力有關。我聽起來，靠努力能往上爬的年代令人嚮往。至於博士班，我同齡的朋友讀完也沒變成搶手人才。在這個學歷和執照貶值，全國研究所招不滿、努力比不上走後門、年輕人都不敢生的時代，高伯伯想表達什麼？想說他當年的努力在這個時代可以重現？

「我其實很想跟我們公司的年輕人說，應該要再加油一點，你們這一代的勤奮還比不上我當年。總之，你們住院醫生再辛苦也是會熬完的吧？醫生跟其他行業比起來應該算不錯了？疫情多少年才一次？不要氣餒，再辛苦一下，忍一忍就過去了。」

「哈哈，每行都有每行的甘苦，做一行怨一行嘛。」我敷衍地結束對話。

我沒有做過其他行業、沒當過其他科的醫生，但我沒聽過其他職業需要高強度連續工作三十六小時。疫情之前內科病房就每年震撼教育醫學系畢業生，這些人都是同年齡層裡最勤奮的學生之一，面對艱難的挑戰還是苦吞挫敗。不論是動腦的內科、動手的開刀科、動眼力的二線科，我們的試煉外人難以體會，高壓也難用言語描述。

新冠肺炎隔離病房分為確診病人接受治療的隔離區，及醫護人員使用電腦、準備用物的非隔離區。穿脫隔離衣麻煩，除非用餐、如廁，我習慣穿上隔離衣就索性待在隔離區內使用電腦，遇到緊急狀況也能及時趕到。

找到一台閒置的電腦，我開始一天的例行巡查：逐床檢視病人的病情、資料，然後調整用藥，盡可能為病人爭取存活的機會。誰會活、誰會在下一秒出事？他人的命運從來都不在我們掌握，我能做的只是增加他們擊退病魔的勝算。

但我才要開始就被打斷。

「醫生！十二床說肚子痛，你要不要看一下？」護理師朝我喊一聲，然後繼續察看下一位病人。

「X光看起來還好，我晚點晃過去。」我瞄一眼昨日的腹部X光影像，朝她回喊。

「醫生！三十床現在在喘喔！昨天還不會這樣！」另一個方向傳來第二位護理師的聲音，再次打斷我開始例行巡查。

我點開第三十床的資料。病患是正值壯年的雷先生，病歷沒有記載任何特殊病史，血液檢查、胸部X光也沒有太大的異樣。他這次因為感染新冠肺炎需仰賴少量氧氣所以住院。為什麼突然喘起來？過了片刻，我還是研究不出所以然。

不行，這樣的狀況還是要看一眼病人。

才走進雷先生的病室，我就注意到監測器上惡名昭彰的心電圖波形。

「這什麼？你有心律不整？」我問躺在病床上、喘得很不舒服的雷先生。

「有……」

「什麼？」我不是真的問，而是表達驚訝。

「有，」雷先生有氣無力地說，「我在天龍醫院做過電燒。」

「推電擊器來～～！」我朝門外大吼。

電擊了兩次，電話會診心臟科之後又注射了抗心律不整藥物，心律終於回復正常。安頓好一切後，我撥打電話給家屬，雷先生的其中一位女兒，向她說明方才的事件。訪視病人只要慢一步、急救只要稍微不順利，這通電話就會變成告知死訊。

「謝謝醫生說明、也很感謝你們急救。」雷小姐很有禮貌，「不過我不知道方不方便問，爸爸住院前還好好的，為什麼住院後就馬上心律不整發作？我們幾年前電燒完就沒再出現過心律不整了。」

「這跟為什麼癌末病人大多都在接受化療是一樣的道理。」我平實地回答，「到最後，只有化療可以抑制癌細胞擴散、延緩病情進展到末期。是癌症病人需要化療續命，而不是化療導致癌末。同樣，你爸爸的病情比較嚴重，可能隨時惡化、出現併發症，所以才需要住院治療，不是住院治療導致病情惡化、造成併發症。就像火災觸發消防警鈴，提示住戶避難，不是消防警鈴導致火災、為住戶帶來災難。」

「嗯，瞭解了。」

我聽過無數次「為什麼住院前都好好的，住院後就各種狀況？」這個問題不好答，我不知道電話那頭對我的回覆是否滿意。

我們客氣地結束通話。

碰、碰、碰！

我沒來得及回到例行巡查，不遠處就響起拳頭重捶病室門板的聲音，及女子的尖叫聲。

「開嗎啡！開嗎啡！」

「小白醫生！你就開嗎啡給她啦！管它是不是管制藥品，你不開我們要攔不住病人了！」我聽到護理師大吼。

碰、碰、碰！

「醫生在外面嗎？」門後傳來女生的尖叫，「為什麼就你這個醫生不開嗎啡？相不相信我現在就衝出去？給你們關著是給面子，這些木製的門擋不了我！」

喀碰！

因為你的病情根本不適合用嗎啡，我們都是被你逼的！我在心裡痛訴。

「嗎啡開好了！等幾分鐘！」我敲幾下鍵盤後大喊。

捶門聲停下來，隨後我聽到護理師極力安撫她。

我繼續檢視電腦裡的資料，血氧、心跳、血壓、抽血檢驗數值，然後調整一位一位病人的用藥，尤其那些本身病情複雜、病況正在惡化的病人。以旁觀者的角度，這時候的我看起來可能就是「瞄了瞄電腦然後說話的醫生」。

「欸，護理師在嗎？我的錢包、手錶都不見了！」焦急的聲音從第五床病人的病室傳出，「我覺得是早上出院的隔壁床拿走的！護理師？護理師～～！」

「醫生！財物失竊！」

「聽到了！」

疑似財物失竊怎麼處理？先問問駐警隊好了。

打過去遇到電話忙線中。

時間還不到中午，一天感覺好漫長。

我重新回到沒得開始的例行巡查……

「小白，你上班好像特別衰欸！」一同吃飯的護理師揶揄道。

「是嗎？不是因為你上班的關係嗎？」我反射地就回一句。

「我是小夜班的，現在已經小夜了！你從白班就很衰了！」下午四點接班開始上班的小夜護理師反擊。

我們一齊笑了幾聲，新冠病房的日常如此平淡如水。

時間是下午五點。

今天我沒吃到午餐，忙到傍晚剛好中午連同晚上的便當一起吃。衰又如何？這個月在隔離病房賣命，今天是最後一天，沒什麼可以破壞我的好心情。再撐三小時到晚上八點，我就可以交班離開這個地方。

公務手機在我快吃完飯時響起，我迅速扒完最後幾口飯，起身到電腦前，接起手機。

「唯～」

「唯～白醫師～我護理長小褚。」

聽到熟悉的聲音，我腦海蹦出一個親切且精明能幹的身影。

「是的，小豬護理長，請問什麼事？」

「欸小白，前幾天第八床伯伯有送你東西，你知不知道？」

「知道啊！好像是水果？但我沒那個閒工夫吃，送給你們護理師了。」

「我們也沒那個閒工夫啦！他送的是鳳梨，你記得拿走！然後，你知道你被投訴了嗎？」

「什麼！誰投訴我？我要幹嘛？」我已經很久沒處理投訴了，早就忘記該怎麼做。

「就是那位第八床伯伯……」

「鳳梨伯伯？」

「對，就是鳳梨伯伯。前天他出院，昨天他女兒就把我們都投訴到院長信箱。你、護理師、總醫師、主治醫師，大家通通有獎。你明天出隔離病房對吧？要回來處理喔。他有國會議員關切，是急件。」

「所以他送我們鳳梨，然後又投訴我們？」我試著搞清楚狀況。

「送東西的是鳳梨伯伯，是病人。他喜歡你，他女兒不喜歡你，這不衝突吧？或是說住院時需要你幫忙所以送東西，出院敢說真心話就投訴了。」護理長一針見血。「反正你趕快回一回，你寫過沒有？」

「沒有……是不是要先告訴我投訴內容是什麼？」

「就是那些『為什麼這樣的人可以當醫生』、『這樣也配叫白衣天使』，這不重要，你就寫一些『深切反省』、『謙卑檢討』、『積極改進』就結束了。簡單來說，就是幫院長回她一封道歉信。讓我看看她寫你什麼，等一下喔……我唸給你聽……『我問小白住院醫生，爸爸的抗生素療程要治療多久才能出院？他竟然說這沒有標準答案，而且他只是值班醫師，這要讓主治醫師決定。我認識的人住院，他們都知道抗生素要治療多久，這怎麼會沒有標準答案？然後他說他有事要先走，也不是真有什麼急事，我偷偷跟上去看到他跑去上廁所！』所以她不高興你尿急沒有跟她說，哈，你就寫你很抱歉院內員工耐心不足，我們會多加強訓練輔導。放寬心啦，護理師到主治醫師都被參了一本，你被寫這樣還算好的了。反正你記得回來處理，三天內要結案。知道厚？」

聽起來，這封投訴信的背後是家屬需要關懷和陪伴，這些都需要撥出時間，而醫護人員最缺的就是時間。時間通常都用在維持患者病情穩定。若時間花在關懷家屬而不是診治病人，反而可以降低醫病間的摩擦，卻也降低病情穩定下來的可能。投訴信背後的不滿千篇一律，這題似乎永遠無解。

不過薑還是老的辣，護理長一說，我完全知道這件事該怎麼辦了。

「好……」

才掛上護理長的來電，手機馬上又響了起來。

「唯～請問哪位？」

「唯～白醫師？你開立的檢驗單又被健保局抽審了！我不是跟你說過不要再開了嗎？」

來電的是醫院行政管理單位的陳小璇。我們已經交手過許多次，這次她的聲音聽起來很生氣。

「我也說過，這對病人來說是很關鍵的檢查，我們不可能不驗……」

「你還記得你上次是怎麼答應我的？」

我有答應什麼嗎？我揉一下頭用力想。

「我記得我跟你說，我認為可以用哪些方式解決這個問題。你說這些都不用想，你覺得行不通，說我如果要繼續開立這項檢驗，就是讓醫院被扣錢。我就說我知道了。」

「所以你都答應我不要開了，現在怎麼還開？」

「我沒有答應你不要開。我聽到的是你說我可以開、只是我們要讓醫院被扣錢，而我說我知道了。首先，這本來就是規範內可以開立的檢驗。再來，醫院本來就常常被扣錢，多扣這一筆沒什麼差……」

「我的意思是，我們不能讓醫院被扣這一筆錢……」

「我以為是我們不能不幫病人驗，所以就讓醫院被扣這一筆錢……才扣這點小錢而已！但結果是我們仔細釐清病情，病人可以更快出院！住院天數縮短，醫院省的錢還更多、健保支出也更少，最後反而還有賺，病人的健康也得到保障，這樣不是很好嗎？」

「帳不是這樣算的啦！你繼續讓單位虧損下一次就是你們主任打給你，你要不就試試看你說的其他方法，不然就不要開！」

「好、好，那我再想想。」

掛上電話，我越想越不對勁。

平常看病都忙不過來了，幫單位不虧損怎麼也變成我的工作？算了，一切的根源還是健保局將抽審的行政程序，用於嚇阻醫院使用健保資源救治病人。同樣的手段還有許多用途，像是打壓新成立的診所、逼迫醫院配合政策等等。

我瞄一眼時鐘，五點三十二分，終於過五點半的下班時間。雖然時間到我也不能下班，但是別人下班至少不會打電話來催文書作業、討論公務。還留在醫院的，只有當天值班的醫師、護理師、醫檢師、輪值人員，會打電話來的人少很多。

我心裡才閃過沒什麼人會打電話來的念頭，手機又響了起來。這次又是誰？

「唯～我是白醫師，請問是？」

「唯！請問是隔離病房、寄生蟲科病房的共同值班住院醫師嗎？」電話那端聽起來有些急躁。

「呃……我是隔離病房住院醫師沒錯，但寄生蟲科應該不是我值班吧？你是？」

「我這裡寄生蟲科病房，寄生蟲科的第二線醫師我們都是打給隔離病房比較資深的醫師喔！」

「真的喔？」我將信將疑。脖子夾著電話，我雙手敲打著鍵盤登入班表系統查詢。醫院裡，PGY醫師、資淺住院醫師第一線在病房照顧病人。資深住院醫師、總醫師、主治醫師第二線值班讓他們尋求協助，解決他們處理不來的狀況。我從來沒有聽過寄生蟲科的第二線是新冠肺炎隔離病房。

「對呀~這不重要啦！我們的第九床現在要插管，但是病房的PGY沒經驗，所以想請你來幫忙……」

「等等，我查到寄生蟲科的班表了！我把你們第二線醫師的電話唸給你聽，是寄生蟲科的大忠主任……」

「我知道是大忠，他不會來啦！剛剛打過去他說他人不在醫院、也不熟悉插管，要我找其他人幫忙。但病人已經喘不過來，我們現在就要插管了！你要我去哪裡找？」

「可是新冠肺炎隔離病房依規定要分倉分流，人員不能路經其他病房、以免院內感染，我現在根本不能過去吧？你要不要拜託一個過去支援不會違規的？」我覺得頭痛，「不然免疫科的總醫師有沒有正好路過？你們不是共用一個病房？也許拜託他看看？」

「免疫科的二線嗎？」

「他的手機簡碼是五、五、六、六。」

「好，謝謝！」對方匆忙掛斷。

醫師像是溫馴的牛，公務手機則是繩索，栓在各家醫院的病房。繩長短則數分鐘，長則一小時。多數人都盡職地戴好自己的項圈，及時接聽電話、趕到現場，卻有極少數人喜歡把項圈套到別人頭上。

不知道那位免疫科總醫師接到電話會怎麼處理？

病人是無辜的，第一直覺當然是選擇救助病人。但就是因為大家都這麼負責、這麼義不容辭扛起被拋下的工作，才助長大忠主任把值班來電丟給同仁的歪風，導致第一線的ＰＧＹ、護理師急救時找不到支援，導致大忠主任太久沒急救、對插管不熟悉。

醫界裡叢生的亂象也類似，體系的弊端被吃苦耐勞的醫師、護理師不斷用巧思填補。就是因為我國醫師、護理師什麼都辦得到，才讓政府放心任制度腐敗，才加速醫療環境血汗崩壞。不論是網路、論壇、報章雜誌，都看得到有識之士大聲疾呼。可惜他們人微言輕，理念傳播不遠。而面對上頭的蠻橫，基層也噤若寒蟬、無人響應。人民則一直被蒙在鼓裡。

我認為解鈴還需繫鈴人。民主時代，人民操控國家韁繩，讓人民看到理想的方向、美好的願景才是正道。但是多少人民有手握韁繩的自覺？而且就算我能把我所看到的景象傳播出去，會有多少人加入我？最後的結果會是我被上層清算，還是我們成功撥亂反正？

越想越無力，還是先別想這些。

病房護理師在輪流用餐，我把握他們不會來找我辦事的空檔，登入線上課程學習網。

線上課程是政府為應付難解的制度缺陷，而發明給基層醫護人員的虛應故事，每人每年都要完成固定時數。明天有跟新導師的會面，不知道他會不會問這些進度？先把課程上完比較保險。

我划著課程網的頁面挑挑揀揀。

「課名：政府效能提升的理論與實務。時間：二小時。講者：吳大珊課長。」

政府的效能明明是最差的！跟政府相關的任何事務，評鑑規範、健保抽審、這些線上課程本身，全都在拖累我們救治病人。現在他們知道自己有效能不佳的毛病，就選擇用妨礙效能的方式試圖提升效能？好幽默的課程！

「課名：醫療品質的實踐。時間：三小時。講者：鄭喬君組長。」

衛生部門把醫療體系糟蹋得面目全非，導致醫療品質一場糊塗，結果政府開出來的藥方，竟然是錄一段影片教導醫護人員實踐醫療品質？片長還三小時？

「課名：倫理與醫德。時間：一小時。講者：壽大圓會長。」

這類似「公民與道德」的籠統主題，很難看出是什麼樣的內容。不過講者讓我眼睛一亮，是醫師協會的會長大圓圓。十多年來，醫療崩壞都沒有人面對，亂象還越來越多，不如聽聽現任會長有什麼話要說。

最重要的是，片長只有一小時。

我點開課程。

畫面沒有會長的身影，倒是投影片圖文並茂又精美，看得出很用心套色。平淡嗓音從古希臘的醫學開始談起，花了半小時講到上世紀提出的四原則倫理，全是醫學生都爛熟於心的學說。就在我快要睡著時，畫面切換到浮雕、字畫陳列的廳堂，大圓圓終於露臉，偉岸的身影坐在茶几旁的沙發，面對鏡頭演講。

他說醫療量能沒有不足，是醫護人員愛心不夠。

他說醫療業不要想賺錢，所以讓醫師、護理師領五十元防疫獎金。

他說我們國家要廣納全世界人才，波波是出國深造的俊傑。

他說衛生部門、健保局沒有官僚殺人，疫情是好機會，讓基層學習慈悲奉獻。

他說我們的健保是全世界最方便廉價的福利，卻隻字未提大眾關切的病患安全。

影片白白浪費我一小時。

維護醫療體系健全是會長的職責。他該做的是帶領產業整合這些議題，而不是在一旁當鴕鳥。

「醫生！你的病人發燒囉！」

護理師吃完晚餐，開始訪視病人、測量體溫了。

「好喔～我看看！」我重新打起精神。

最後的一個半小時，除了諸多突發狀況，我們還急救了一位病人的心跳停止。他被發現沒有呼吸、脈搏時，已經不知道過多久了，我們沒有救回來。

忙著聯絡家屬、拆遺體身上的管路、縫合傷口、協助後事，我不知不覺在病房待到過下班時間，躺到床上時已接近半夜。

身體似大病一場，鉛條般笨重，狂躁地汲取睡眠。

隔天我在接近正午時起床，跟導師的會面差點遲到。

我壓線抵達會議室時，已經有人先到了，那背影似曾相識。

「咦？高醫陳醫師？」

高醫陳醫師轉過頭來。

「嗨！小白學長！你的導師也是小明嗎？」

「是啊！你也是？你跟過他查房嗎？相處如何？」

「沒跟過，我來不到一年，跟隨過的主治醫師很少。不過我問學長姊，他們都說小明老師人很好。你去年的導師不是他嗎？」

「不是欸，好像每年都會換一次的樣子？」我回答。

「每年換？為什麼呀？」

「為什麼喔……沒怎麼想過耶……」我只知道住院醫師訓練計畫要求醫院安排主治醫師當住院醫師的導師，作為職涯上的引路人。導師會定期約住院醫師見面，瞭解學習研究的進度，解答疑惑，而今天是我們跟新導師的第一次會面。關於新導師我問到的也類似，小明老師人如其名，明燈的箴言深受年輕醫師們信任。

「哈囉！所以今年是我們三個一組嗎？」跟我同級的擇安走了進來。這個月他在加護病房任勞任怨，時常看起來邋遢，今天襯衫紮進去一半。路人只看到隨便的穿著，而我明白他潛心進修，從大學同學到醫院裡當同事，我們的交情一直不深，但我們認得出彼此是同類。

「你們這個月在哪一科？」他問。

「寄生蟲科。」高醫陳醫師答。

「隔離病房。」我答，然後補充。「不過我已經輪值完所有的班，不需要分倉分流了。」

「辛苦了，隔離病房不是人待的地方。」擇安對我說，然後轉頭問高醫陳醫師。「寄生蟲科我沒去過，你跟哪位主治醫師？」

「寄生蟲科的病人不多，大忠主任、小智、小霞三位主治醫師輪流查房，每週換一次。」

「病房有什麼有趣的見聞嗎？或寄生蟲感染？」擇安繼續問。

這個話題勾起我的好奇心。除了我們醫院，我國已經沒其他醫院有寄生蟲科了。寄生蟲感染被古早醫生滅絕數十年而消失在人群，相關工作也幾乎消失在醫院。現在大多只剩大學還有寄生蟲學科。

「還好欸，寄生蟲感染現在少之又少，病房裡主要還是一般內科疾病。」高醫陳醫師回答。「不過一般內科疾病住到寄生蟲科不知道是不是好事，這週是大忠主任，但他對一般內科沒有很熟悉……」

「喔，這是舊聞了。」擇安把頭別過去。

「那他怎麼照顧病人？」我問，我想到昨天接到寄生蟲科打來的電話。

「就我們來照顧啊！」高醫陳醫師苦笑。「還有小智、小霞會幫忙他。」

「呃……」我不知道該怎麼接話，可以想見，這種情況照顧品質不會多理想。

「他的風評不太好，這我聽很多人說。」擇安接過話題，「他不但好意思，他還常常說『健保對我們醫護人員不好，但是對民眾很好，免費的醫療是全民之福』之類的話。你想想，醫院幫病人做了十件事，但只有其中五件收費，收費還打八折，這裡面不會少了什麼？這是為了病人好？反正他覺得是。諷刺的是，這十件事都不是他在做、真遇到他也不會做，他還很愛這樣說、把自己當成醫護人員。」

聽到這裡，換我清了清喉嚨，將昨天大忠主任值班，病房找不到人急救，我接到求救電話的事說一說。

說完，我下結論。

「健保局和衛生部門的問題是，照他們的政策我們根本不可能好好做事，這對病人是最差勁的！而且支持健保的大忠主任自己還達不到我們的最低標準！愛說健保有多好的是他，做不到本分的也是他。你們有沒有想過，照他們那種鄉愿作法，等到我們這一代需要醫療時，醫療體系已經被弄成什麼樣子了？」

「你說的這些都沒錯，不過我要提醒，這些話只能我們幾個在這裡講。」擇安說，「你去社群網站上看，他可是有藍勾勾的名人喔！還出過一、兩本書。我唸社群網站上的文章給你聽，『如果你心裡想著下班，醫療只是一份壓力很大的工作，如果你把自己當成志工，這些都是心靈的寶藏。』反正就是割肉餵鷹那套。他寫得這麼美好，還不是因為辛苦壓力大的工作不是他在做，這家醫院許多人幫他做。而且佛陀說的是割自己的肉餵鷹，哪有人像他一樣割別人的肉餵鷹？這是魔鬼吧！再來，制度的問題跟志不志業有什麼關係？我們誰不是把醫療當志業？但你看，他這樣寫，天龍醫院的前院長也在底下留言支持。還有許多網友熱淚盈眶地回應：『哭了，是位令人感動的好醫生。』『你的病人真幸運，我身為醫事人員，半生奉獻在醫學，沒想到自己生病遇到醫匠！』你看，大忠幫自己講了一口好話，真正在惡劣醫療環境下奉獻的醫生反而被說成醫匠。他值班能不出現，不是沒有原因的。」

「好扯！我覺得把自己說得多好多好的那些前輩，應該都來第一線值班照顧病人，親自示範他們口中的慈悲奉獻，不能都是嘴上功德。」高醫陳醫師冷冷地說。

「怎麼可能，人家可都是主治醫師、大教授欸！」我也感到不滿。

「怎麼？教授怎麼了嗎？」

我們一齊回頭。

一位頭頂濃密黑髮、身披光滑古銅皮膚的中年醫師坐在一旁，看來就是小明老師。渾然不覺間，導師已經悄悄到來，不知道坐多久了。

「老師好！」我們齊聲說。

我偷看一眼擇安、高醫陳醫師，大家的表情都難掩尷尬。

「我從割肉餵鷹那段開始聽的，繼續說沒關係。」導師擺出傾聽的姿態。

「疫情期間你們這麼辛苦，如果還被說成醫匠，是我也會很受傷。」

我們對視片刻，擇安首先開口。

「醫匠算好的，仇醫言論不只這些，匿名論壇更過分，都說一些『醫生哭什麼？累就累還不是領得多？』『這是幫助人的工作，應該要做得很開心才對啊！』『醫生是多草莓，我上班也很累，但醫生的累多了一個零。』『熬過住院醫師，主治醫師一個月六十萬欸！』……」他開始滔滔不絕。

這些言論不是事實之外，還很傷人。

當我看到發生在病人身上的悲慘遭遇、家門裡各自的不幸，或是在醫療現場和市井生活之間掙扎的許許多多勤苦之人，乃至網路上各行各業的艱辛，我可不會覺得：還好，這不是最辛苦的。我也不會自私地、毫無同理心地試圖說服他們，希望他們認為自己不辛苦，讓他們甘願繼續白白犧牲人生。這些匿名論壇裡的人，如果看過我在醫院所見到的景象，會不會也僅僅認為，世界上還有很多人過得更慘，至少患者沒有無家可歸、露宿街頭、遭遇戰亂飢荒。

一開始只有擇安在說，後來高醫陳醫師和我也跟著加入。不過，我們只敢提網路上看到的仇醫言論。

導師耐心讓我們發不平之鳴。過了許久，話題才告一段落。

「許多事情，我也不好說什麼，」小明老師說，「不過我今天是來鼓勵你們的。」

他轉頭看向我。

「隔離病房高先生你記得嗎？他人還在隔離病房，這是他昨天上我們醫院網站寫的感謝函，今天早上轉發到我這裡來，我剛好先印下來給你看。月底你會看到被公告出來。」小明老師將一張紙遞給我，「社會上本來就有各種聲音。那些負面言論很傷人，我都可以理解，但我想鼓勵你們的是，我們把正面言論發揚出去，讓它成為主流！這樣一來，負面言論的影響力就相對薄弱很多。今天不好意思，我接下來要去開會，這次先見面，我們改天再約時間聊別的。你們日後遇到什麼狀況都可以跟我說，我都想要知道。」

導師說完，起身離開。

我們則圍上去看那封感謝函。

這封信是為了感謝白醫師、隔離病房護理師、醫院全體醫護人員。

我人生第一次住院，第一天就嚇得不輕。才去一趟廁所就看到隔壁床翻白眼。白醫師來了二話不說，直接電擊。他的心跳原來快要沒了，結果碰、碰兩下心臟就電活過來！然後，那位仁兄看起來像沒發病一樣，邊吊點滴邊跟我說他之前怎麼接受心臟電燒。接下來一整天，白醫師就在外面忙來忙去，非常高強度。醫護人員真的很偉大，鐵打的一樣。

我還在住院中，但我相信給這麼可靠的團隊醫治，我一定可以平安回到家。

老高

「哇！醫龍欸！你成功電活心臟！」擇安邊大笑邊拍我的肩膀。

「他指的是心律不整的電擊整流吧？」高醫陳醫師轉頭問我。「這也可以被你遇到？」

「哈哈，你們覺得小明老師如何？」我彆扭地轉移話題，「我覺得還不錯，願意從我們的角度想，很有同理心。」

同樣是前輩，寄生蟲科的大忠主任出一張嘴，導師小明是指路明燈，樹立的榜樣如雲泥之別。

「很棒啊！感覺有人罩。」高醫陳醫師表示認同，「他剛剛說遇到事情都可以找他。」

「我對遇到事情找他有所保留……」不意外，擇安頗不以為然，「小明老師的確比較開明，但他跟我們一樣在這裡混飯吃，不可能超脫到哪去。制度問題根本不是一個人能扛得起，你遇到麻煩找他求救，你覺得除了一些支持鼓勵的話，他能幫你到哪裡？而且今天我們才第一天認識他，他在你看不到的地方，說不定有不為人知的一面。你有沒有聽過主治醫師跟家屬解釋病情，講到病情惡化時，提的都是住院醫師的名字？」

擇安的話讓我們安靜下來，現實昭然若揭、令人不舒服。

環境的無奈沒有人能一手攬下，醫療糾紛的險惡也不是一人之力能承擔，各家醫院多少都能打聽到主治醫師把自己的疏失栽贓給住院醫師。

我的直覺，小明老師不是這樣的人，跟大忠主任不一樣。不過，我的確跟他不熟識。退一萬步，就算他是天底下最善良的好人，我也不認為大環境的問題他能幫我們解決。

我們的奮鬥似乎注定孤獨。

何況內科住院醫師還要面試次專科，次專科訓練之後還要考慮升遷、求職。如果我是前輩、長官，我欣賞的會是能解決問題的得力下屬，所以聰明的作法是表現出能幹、體察上意、有團隊精神的一面，環境裡的糟糕事撇得於己無關才是阻力最小、最合理的作法。

面對大時代的洪流，世人大多選擇比較好走的路，往人多的地方擠、因循有安全感的方向，這是人性，是大多數平凡人的選擇。

「小白，你覺得呢？」擇安轉頭問我。

高醫陳醫師也看過來。

他們的雙眼一齊射來聰明人常有的敏銳。

「私底下不為人知嗎？好難回答……我覺得……」我很不自在。都是對我有些了解的人，那兩對直視而來的目光讓我覺得渾身透明，我飛速為這個棘手問題想一個省心答案，「小明老師看起來很年輕，也許跟我們比較類似吧？哈哈。」

我笑一笑應付過去。

小百科

心電圖波形

心電圖是貼在皮膚上就可以檢查心臟放電狀態的機器，有許多種類，包括監測器上的心電圖、十二導程心電圖。少數心律不整可以從監測器上的心電圖波形快速判斷出來。

第12章 VIP

時隔多月我又回到內科加護病房。

每次進內科加護病房之前我都以為我醫術嫻熟、登峰造極，但每次離開我都獲得更精湛的技術，有助於我在醫院生存，這些技術不一定是關於醫學。

第一天夜晚剛到電腦前坐下，醫院長官的電話就打來，「待會加護病房入一床友科的VIP，女兒有點緊張可能要稍加安撫。」

我心想，本院友科這麼愛說他們是會開刀的內科，怎麼不收自己科的加護病房照顧？當然只敢心裡偷嗆，日後還要跪求幫開刀。內科的病人常常有開刀的需求，不會開刀的我們只能拜託會開刀的大小各科情義相挺。

點開病歷，看到是術後癌症復發、全身轉移的病人，手術醫師名字讓我的心思飄回醫學生時期。課堂間，當年還是醫師同僚的協會會長分享著八卦軼聞，例如醫院高層如何爭搶著幫女明星胸前傷口換藥，進而引起各科各部門之間鬥爭。但其實本來就在鬥，大家都知道。

最印象深刻莫過於站在刀房看協會會長對女同學們表演。

「你們看這個自動吻合器，刷一下就把組織切成兩半、兩邊傷口縫好，看喔，三、二、一，刷！」

一群醫學生伸長脖子想看到畫面，聽到的卻是護理師大叫，「教授！你怎麼把腫瘤切成兩半了！」

正常來說，腫瘤應該完整切除、摘下，而且摘下時旁邊留有數公分正常組織的間隙，惡性腫瘤才不會轉移。當初，會長好像說是什麼三階段手術云云，真的很會說話，學生被唬得一愣一愣，明星藝人、商賈高官都慕名而來。

後來再聽說就是新聞上看到，協會會長被爆出論文造假醜聞。實驗室助理檯面上宣稱指導所有科別的新生代醫生，檯面下向年輕醫師索取保護費、代製作造假論文。正派的校長顯然有心要處理這樁弊案，沒有像其他醫院總是把事件和新聞壓下。我佩服他的正直和魄力，且崇拜我們不畏強權的傳統，因此以學校和校長為榮。然而，此事也讓我對他們領導的研究發展路線產生懷疑，繁忙行醫之外還要分心研究，多少是有意義的產出？國家投資天文數字的經費、虛耗無數人的光陰，有沒有評估過效益？這樣是妥善利用資源？事件最後的結果，理所當然是羅生門。當中許多細節我不解，只能猜測是高層內鬥的結果，搭配著新制健保支付上路、病人治療點數又被砍的消息品嚐。

又一通電話響起，病房打來交班，沒頭沒尾講一大串，大意是病人從急診住院後兩天來都沒什麼尿，利尿劑催到頂還是越尿越少，今天血壓低、心跳快、腎衰竭、尿毒症、意識模糊，要進加護病房洗腎。

掛了電話，我把實驗室檢查點開，咦，怎麼看起來像是腎前型腎衰竭？腎前型腎衰竭指的是人體因為脫水、缺少水分，使腎臟短暫喪失功能、無法製造尿液，治療方式僅僅是簡單地把水分補充回人體內就可以了，若使用利尿劑或洗腎，反而會讓病情惡化。

許多單位開刀到晚上、看會診忙到半夜，白天沒空看病人，偶而會出現這樣的狀況。

病人進加護病房後看起來的確缺水，請護理師灌生理食鹽水一千毫升共三包、被反覆質疑共三次，她們說「交班明明說是要進來洗腎」。

我只好假傳聖旨說這是腎臟科總醫師建議先灌水，結果食鹽水才灌一千毫升，尿就源源不絕出來了，病人悠悠轉醒。嗯，診治非內科病房來的病人算是休息，因為他們的病情相對單純。

發現病人可以轉出加護病房後，護理師一片譁然，進加護病房不到三小時就要轉出去，他到底進來幹嘛？

挽回VIP病情的我即將迎來得罪加護病房同事的危機。

事件的前因後果可以想像，但病房政治重修多次的我知道該讓誰來揹這個鍋。

「急診從來不驗BUN，每次都這樣。」眾人的不滿中，我適時插入一句話。

接下來所有人開始瘋狂抱怨急診過去種種「惡行」，我心裡則默默向急診同仁致歉。BUN（血中尿素氮）是判斷腎衰竭原因是否為脫水的重要指標，但礙於健保核刪，急診很少驗。而急診是最容易得罪所有人的地方，病人、家屬、各科會診醫師、病房護理師。過載的混亂環境和不合理的健保規定非戰之罪，自己人也清楚還照樣愛嘲諷。

成為醫師的路上，學校、醫院主要還是教怎麼救人，而不是上下一心、團結合作、診察制度的弊病。入行前幾年我對複雜的醫療體系也是迷迷糊糊，大部分的概念還是從報章雜誌閱讀而來。

《真相》雜誌曾經做過一則詳盡的報導：

健保是一塊大小固定的餅，醫界在其中為人民服務收到「點數」而不是貨幣，全國醫院、診所再依點數多寡按比例分食整塊餅，這塊餅叫做「年度預算」。這樣的制度設計，限制每年醫療總支出在「年度預算」以內，但也壓抑這個產業的發展，讓這個產業失去興旺的可能，因為醫院被迫不斷降低人力物力成本。對政府來說，只「求有」就可以敷衍過去，不用「求好」，因為國人不懂醫療品質是什麼。這個年度預算制度就是「健保總額」。

支付點數的方式則是「不同工同酬」，花許多心力和資源救治九十歲長者的肺炎，跟順利治癒六十歲患者的肺炎，健保局給予的點數一樣多。需花費較多資源救治、但成功救治機率低的患者被稱為「爛菜」，花費較少資源就能治癒的患者則被稱為「好菜」。而醫院為了維持經營，只能優先救治「好菜」。畢竟資源是有限的，賠錢就沒有資源、無法招募人力、不能維護設備。唯有讓單位經營下去，後人才得以繼續享有醫療服務。然而，救人的工作幾乎都是賠本的，全國救人的單位都在努力減緩入不敷出的困境。這樣的支付制度就是疾病關聯群（DRG）。

這樣的背景下，體系內眾人為了求生存，爛菜互推、好菜搶收，病房住滿後患者累積在急診，急診也變得壅塞。

醫生當了一陣子，我才體會到報導裡的內容非常真實。國人想的都是結交醫師朋友、搶當VIP，有需要時託人喬一張床位，但人人都是VIP的結果，一樣是人人都要排隊，每個人接受的都是賠本單位提供的、不敷成本的檢查和治療。這樣的制度也製造醫界分裂，一群聰明人大概永遠沒有真正聰明起來團結合作的一天。

把病情紀錄到病歷後，我開始VIP專屬的SOP，反正沒做也會有人叫我做，看到瘀青我會診皮膚科、眼睛紅我會診眼科、抽痰流鼻血會診耳鼻喉科、痰有血絲找胸腔科，抱怨頭暈要會診神經科嗎？先會會看好了。

VIP心中的畫面可能是各科醫師齊心協力仔細服務他們，但事實上這些無意義的瑣事徒增所有同仁的工作量，衍生出科別之間的許多摩擦。這位住進加護病房的ＶＩＰ，本身就是醫療資源被濫用、醫護工作過載的受害者。但ＶＩＰ總是這樣要求，我們總是被醫院逼迫照做。巨大體系裡的小住院醫師，我還能如何？

「教授和我們團隊全力搶救下，腎功能恢復、不用洗腎，人也醒過來了。」我向ＶＩＰ的女兒解釋。

年輕的小姐一聽，喜極而泣，大讚我們都是神醫，滔滔訴說父親的悲壯人生、感天動地，插不進話的我，疲憊地看著她的臉放空。

此時，手機鈴聲響起，拿起來一看，是富岡保險的推銷電話。

「辛苦了！你們很忙、事情很多吧！普通病房那邊，醫生查房都是晚上來……」女兒聽起來還想聊下去。

我急忙接下我有多忙的話題告退。是啊，跟家屬講話也是事情，在加護病房跟家屬講話的每一刻，都在消耗我們為病患本人安排檢查和治療的時間。醫療團隊和家屬的目標大多時候一致：病患的最大福祉。理想的作法是家屬提供關鍵資訊、協助醫療團隊，這時候聊天搏感情可以搏到比別人更ＶＩＰ的待遇嗎？

回到加護病房就聽到護理師回報，VIP吵著想要出去走動。人才甦醒就想立即轉回原病房，VIP的這點任性不成問題。但床都還沒挪，急診就簽了新病人是怎麼回事？

點開新病人的病歷一看，心肺肝腦都轉移、上次化療半年前，胸部X光看到一根氣管內管、三根引流管（左右胸腔和心包膜）、數節胸椎轉移。

門診病歷：已充分說明癌末情況。

急診病歷：太太撤銷放棄急救的決定。

會診醫師留字：按你的專業治療目前病情。

研究著病歷描述的漫長病史，我實在佩服血液腫瘤科醫師。十多年前以為的絕症，被不斷推陳出新的治療控制到現在，病歷還偶而寫到病人請假去旅遊，所以延後回診。

直到今年，他才接近臨終。

正研究著，老太太提大包小包跟病人一起出現，抱怨在急診躺了數天，哭求我們把老伴救醒。

耳邊傳來他們的坎坷身世，開始時我內心充滿憐憫，但聽到第三遍，我開始辨識著老太太臉上皺紋的皮膚病灶。

認到第九種時，我終於迎來轉機。

「你們快幫他補充點營養好不好？」老太太的請求解救了我。解釋完病情不樂觀後，我急忙接下補充營養的緊急任務告退。

這樣的病情，他不但再也醒不來，這次也不可能出院了，但老太太的耳朵自動過濾掉所有不想聽到的消息。

原來，消失沒回診的半年，他們尋求替代療法，獨步全球的魚尿補品買十萬，政府大力推廣的類成藥拼命吃，精油按摩處理骨轉移數個月，病人依舊半昏迷。最近疑似吃草藥造成嚴重蛋白尿、白蛋白從尿液流失，全身水腫的今日又來求助現代醫學。

白蛋白是血管內物質，功能是將水分留在血管內。若血液中的白蛋白因為疾病而從尿液流失，水分會積在手腳形成水腫。

然而，健保給付的和數瓶自費的白蛋白每天補，血液白蛋白濃度還是上不來。地方流氓的兒子每天追問數字、出現就揮舞著拳頭、言辭透露恫嚇，鬧得急診等候區雞犬不寧，而院方沒打算處理。

護理師緊張地問，明天早上兒子出現怎麼辦？

我也打不過流氓，怎麼會問我？硬著頭皮，我撥電話向值班的總醫師求助。所幸，今晚值班的是處理燙手山芋經驗豐富、而且體恤下屬的M學長。

M學長到來，開了滿滿腎毒性藥物的藥方，再排了一個緊急電腦斷層血管攝影檢查，排除肺栓塞。肺栓塞是加護病房的重要疾病，但診斷需要做電腦斷層血管攝影，會使用到傷腎的顯影劑。而不管是腎毒性藥物還是傷腎的檢查，病情有需要時都在所難免。M學長的作法看不出不合常理之處。

病人馬上被推去做檢查，檢查做完沒看到肺栓塞，而且更幸運的是，輸了許多白蛋白之後，早晨驗血就發現血液白蛋白濃度補上來了！

只是快下班前護理師發現，做完電腦斷層血管攝影後，病人幾個小時內都沒什麼尿，明明在急診時尿還滿多的，可能是顯影劑造成腎損傷的關係。

此時我才恍然大悟，沒尿自然沒有蛋白尿、也就沒有白蛋白從尿液流失的問題。勞碌下很少人有空看輸入輸出紀錄，這個病人因為癌末合併惡病體質（cachexia）、腎功能難以評估。等腎功能惡化到引起注意，都不知道過幾天了。

繁忙中穿插恍惚，我終於等到下班時間，來接班的是負責而率真的好同事擇安。

交接班時，我提醒擇安要小心兒子的行為，卻得到意料之外的回應。

「你是不是沒去過民風更剽悍的地方？」擇安是偏鄉長大的小孩，也待過許多外地醫院，他奇怪地看了我一眼說，「有些人索取醫療的方式就是勒索，文明的用法律，不文明的用暴力，反正就是不能接受醫療資源不夠，醫學技術也有極限，這是他們當ＶＩＰ的方式。每一家醫院的立場也差不多，都是『安撫下來，事情不要鬧大』。但我們又不是醫療資源的提供者，只是體系裡跟他們站得最近的成員，除了防備著被傷害，也多給不了別的。」

他聳了聳肩，開始做事。

上完十二小時加護病房班的我，也接著自主加班兩小時把病歷打完。拖著沉重的身軀，我搖搖晃晃回住處，倒在床上，感到很不值。我們只是想正常上班、做好工作、下班，不冒生命危險，卻總是被迫天人交戰，面對沒得選擇的兩難。

政府裡的高官總是說不合理的要求是磨練，但如果我是病人，我希望我的醫生專心研究我的病情、做正事，而不是時間和精力都耗費在外務。

大家都很想好好做事，但我們也訴求當下就被保護，而不是受到傷害後要自行尋求協助。然而，金玉其外的醫療是上位者努力維持的神話，是穩定收割功勳和政績的國民福利。這樣的背景下，現實和認知的落差持續加深，醫療現場處處是陷阱，我們驚懼地閃躲滿地無底深淵行醫，灰色界線上的表面工夫成為趨吉避凶的生存守則。

小百科

會診

住院過程中，當病人需要其他專科的診斷、治療時，醫師依據適當理由向其他專科提出會診。會診不應由病人隨意要求、或淪為行方便的作法，這都是濫用醫療資源。會診醫師的時間就是二十四小時，這個制度應留給有此需要的病人。

腎前型腎衰竭（pre-renal AKI）

因為嚴重缺水使腎臟無法製造尿液的特殊情況，簡單用點滴將缺少的水分補充回去，腎臟功能大多可以恢復，重新開始製造尿液。

利尿劑

腎衰竭或腎臟失去功能時會使用的藥物，可以讓還沒失去功能的少部分腎臟製造尿液，以排出水分和毒素。但若腎衰竭的原因是腎前型腎衰竭，反而應該補充水分而不是使用利尿劑。身體水分充足、不缺水，腎臟功能自然就會恢復。

末期癌症

當癌症轉移至重要器官（例如腦部），而且疾病無法再被控制、離臨終不遠時，為末期疾病。民間許多偏方販賣的只有希望，國人花大錢不但沒得到任何療效，還深受其害。

白蛋白

血管內的重要物質，可以協助水分留在血管內，有助於維持血壓穩定、讓器官的血流充足。若血中白蛋白因為疾病而流失或消耗，水分會積在手、腳、全身形成水腫，也會影響器官的血流供應。

蛋白尿

腎臟因為疾病，或服用特殊藥物、草藥、來路不明藥物而受損，使白蛋白從尿液流失。血中白蛋白不足的結果會使身體水腫、使器官的血流供應不穩定、影響藥物的血中濃度。

第13章 會長

第二個夜班，內科加護病房近滿床，護理師四處穿梭，手腳不停歇動作，我則被牢牢釘在電腦前，看資料、看影像、開藥方、開檢查單，雙手在鍵盤上飛舞。我們偶而會急切交談，然後繼續各自忙碌。人人忙著手邊任務，力求把該做的即時做完，夥伴很多，卻很孤獨，因為所有人都在海量的工作裡奮戰。這裡的日常不是有餘裕幫對方擦拭汗水時，能一邊互訴甘苦。

今天很幸運，我們沒遇到太多突發事件。晚上十點，我終於得以放緩腳步，用大腦而不是脊椎反射來安排診斷和治療。

正巧，長我一年的總醫師學姊到來，打了聲招呼，跟我交班即將住進來的新病人。

「嗨，白醫師，有一位插管四週的肺炎患者要拜託你幫忙。是年輕女性，昨天從外院轉來，待會從急診住進加護病房。送來時還需要用到百分之五十的氧氣維持血氧，我剛剛去看，現在只需要百分之四十五，有進步，心跳也已經穩定下來。抗生素治療幾天，應該就可以拔管了。後續交給你了，辛苦囉！」總醫師學姊向我交代。

「謝謝，我等等看看。」回完話，我繼續面對電腦，然後背上感覺到一隻細膩小手拍我的肩膀。

回頭，我看到學姊對我微笑。

「學弟加油，疫情這段時間大家都很辛苦，」學姊鼓勵道，「不過當總醫師之後，你只需要值二線班，到了主治醫師更海闊天空，會苦盡甘來的。」

我停下敲打鍵盤，學姊聽起來有話要說。

「住院醫師勞苦，尤其是值班的時候，但你不要只看這二、三年，你要看未來二、三十年。」她笑得燦爛，一如既往迷人，那笑容足以顛倒眾生。

我偏頭，想了想。

「看未來哦？」我思索著回答，「我們唸書時，主治醫師的確不用值班，但上個月我看醫院老師一把年紀還在值，沒值班也會凌晨到醫院解釋病情，工作量越來越多的同時，醫生收入一直都在下探。十年前他們還能照顧一家人、奉養父母、承擔醫療糾紛，所以他們願意犧牲家庭和人生，但現在年輕醫師的環境更險惡，工作還比許多行業血汗。房價物價飆漲的同時，算時薪，年輕主治醫師還比我們住院醫師低，這樣的生活妳願意？」

我看向學姊，她的笑容僵住了。

「本土醫療已經走下坡二十年，妳覺得未來二十年會更好？」我問。

她不說話，靜靜看著我，我也看著她。

沉默讓空氣凝結。

欣文學姊和我是同班同學，我們曾經是朋友，也許，還在那之上。

她擅長且熱愛舞蹈，從芭蕾、現代舞到街舞。舞台上，她是翩翩起舞的一枝花，舞台下，她是長袖善舞的學生會會長，系上同學、學長皆仰慕的會長欣文。

她連任一次，我助選兩次，選情膠著眾人為她奔波四處，傳情巧克力我死忠送了三年。

寒冬將盡，櫻花待放，畢業前的最後一個情人節，巧克力盒裡我附上一封情書，寫著我們暢談的醫界價值、我對她的欣賞和崇拜。

她小心接過，對我綻放絢麗笑顏，然後整盒放進裝滿禮物的一大帆布袋裡。

校園裡，輕盈二月風將我們的頭髮揉得凌亂，幫她扛著那大袋禮物，我陪她散步著走回女生宿舍。

後方是棕色磚面建築，上方是花苞點綴的枝枒，她語笑嫣然，分不出是清風還是如蘭的氣息吹拂我的臉龐。

我們閒聊了數分鐘，如彈指、如悠悠。

而後，長髮一抛，她接過好大袋眾人的思慕與寄託，轉身扛起，直直前行，消失在門廊。

那道孤高且背負理想的倩影，在我心裡留下清晰刻印。

畢業典禮表白後，我們再也沒聯絡。

我當兵一年結束回到醫院，不用當兵的她變成上級，我們距離更遙遠。

低她一級，在醫院工作，我常接手她交班給我的病人，倩影的深刻依舊，倩影的主人卻開始讓我懷疑。

巧克力盒裡的那封信，可曾被拆開閱讀？那袋禮物，最後都流向何方？

「小白，你從以前就這麼老實，真的都沒什麼變呢……」學姊用嘆氣打破沉默。

我愣住，她很久沒叫我小白了，上次是在畢業典禮時。在醫院，我叫她欣文學姊，她叫我學弟、白醫師，我們也不會去提「以前」。

她將嘴唇湊到我耳邊，「不要用醫生的標準要求你和其他同事，當自己是傳話的接線生，你會比較快樂。」

沒等我反應過來，她已轉身。

「總之，加油！我們要自立自強！」

欣文拋下這句話後離開。

搖了搖頭，吃過虧的我立即開始仔細研究她交班給我的病人。

根據過去的經驗，我很快抓到關鍵。氧氣需求減少不是因為肺炎改善，而是呼吸器設定被她動過，呼吸道氣壓是一天前的兩倍，一個我看得心驚的數字！我趕緊把高得恐怖的氣壓調降一些。增加氣壓本來就可以促進氧氣擴散、減少需要使用的氧氣濃度，但加到太高會造成危險。而且增加氣壓所減少的氧氣濃度絕不會被交班成「有進步」。規則的心跳趨緩也不是因為病情穩定，而是用了會減緩心跳的降血壓藥，這對急性感染、血流動力學不穩的病人可能有害。

她離開後旁人開始議論。

「欣文好優，她經手過的病人都可以穩定下來，不知道怎麼辦到的？」

「對呀！如果病人可以一直給她顧就好了！還漂亮又溫柔，好完美的人。」

兩、三句後，眾人沒有繼續聊下去，新病人要住進來，又有許多事務要處理、聯絡。

我的孤獨感更甚，他們不知道指標改善是人為造作的結果，改善的只有表象而不是存活康復的機會，蛛絲馬跡藏在每天的呼吸器設定和藥方，不刻意尋找不會發現。

用表面工夫撐起完美形象，難道才是在醫院——甚至我們社會——存活立足的答案？

其實她沒有這麼可惡？一個不可能達成任務的環境，一個被勒索拿出成果的處境，這是理所當然的結果？

我最恨自己，知道真相依然仰慕她。

我始終相信人性本善，沒有人生來是壞人，扭曲人的是大環境，曾經優秀的欣文學姊可能也不能倖免。然後我驚覺，我在醫院接受跟她一樣的洗禮，一年後的我會不會變得跟她一樣？

這樣的生活裡，支持我的是愛心、對醫學的熱情、和再幾年可以離開。

新病人是年輕女性，嘴含管子、表情痛苦，楚楚可憐地看我們幫她打針、抽痰，很溫順地配合治療。護理師們憐愛如此乖巧的病人，親切地叫她黎茗妹妹。

黎茗妹妹在懷孕時遇到子宮內感染合併敗血症，子宮連同孩子一起被手術摘除。然而，命才保住，就染上細菌性肺炎，插管四週都無法拔管。聽到前一位加護病房醫師說考慮氣切，她的先生嚇得託關係將她轉來我們醫院。

不管是最初的敗血症還是後來的肺炎，現在都已經成功控制。交到我們手上時，未決的問題是腎功能受損、體內水分過多，需要用洗腎脫除多餘的水分才能讓呼吸改善，最後成功拔管，很單純的情形。困難在於，白班的同事表情複雜地告訴我，主治醫師認為不用洗腎，先生也不想要。

看著本來可以存活的她，血氧一天一天變差，眼神從清醒到迷離，我為此苦惱。她住院約一週後的半夜，我一個人對著加護病房電腦皺眉。

內科加護病房主任出現在我身旁時，我沒發現。他的別名是「會走路的教科書」，年近古稀還精力旺盛，時常半夜來訪，探視他在門診照顧過的病人。見我在研究黎茗妹妹的病情，他呵呵一笑，開始教學，分享他的思考過程和想法。我在教科書上看過相呼應的篇章，知道那是數十年經驗融合一個時代理論與實務的演變，我趕忙將重點輸進手機裡的筆記本。

「跟你們一樣，我也還在學習。」老師謙虛地說。

「嗯、嗯。」我忙著做筆記，應和了兩聲。

「所以你們小夥子，更應該要努力。」老師督促道。

匆匆瞄一眼那稀疏的白髮，我感到由衷敬佩。

賢者之氣莫過於此。

在學時，他曾教授我們流行病學，也跟我們這些醫學生分享他們家的點滴。

曾經，醫師前輩是高貴的。我們是排名最前的幾間醫學系、最頂尖的幾間醫院，但「會走路的教科書」讓他優秀的兒子和女兒讀別間醫學系避嫌，在別家醫院升遷。現在，他們都是那兩間醫院遠近馳名的教授。

曾經，醫師前輩是知廉恥的。沒有人會開後門讓自己的小孩當波波，然後攀關係讓醫學中心收留他們當混水摸魚的住院醫師。那時候，每一位完訓的新生代都經過嚴格把關。

曾經，醫師前輩是睿智而看重生命的。眾賢從過去的教訓中學習，用每一分精力完善診治流程、制度，這是發自內心的本能，也是流行病學的精髓。醫治病人時，我們的學者精神自然而然探問，這些病人從哪來？發病原因是什麼？如何從源頭扼止疾病？流行病學作為調查手段，公共衛生、預防醫學陸續誕生。診治社會環境裡讓疾病萌芽的溫床，也是我們的領域。

祖師們不讓國土潛藏對人民的危害，更不放任外力染指醫界、在體系裡藏汙納垢。如果能施法術讓仙逝的祖師們甦醒，是不是可以督促協會裡的高層？讓他們清理醫界越來越多弊端？

邊胡思亂想，我邊草草做完筆記。

「小夥子，很好、很好。」老師笑笑地、滿意地看著我。

我抬頭，老師看起來心情不錯。

靈機一動，我點開黎茗妹妹的影像學檢查，「老師幫我看看這張胸部X光，我覺得這裡有身體內水分過多的徵兆，她腎臟又不好，可能需要用洗腎脫水？」

老師瞄了一眼病人的名字後呵呵笑了兩三聲。

似乎一眼看穿我的意圖，他若無其事地接下去，「身體水分常常過多或過少，整體多寡需要綜合評估，不能單看胸部X光。」

我搔了搔腦袋。

這個答案好像避重就輕，刻意不想談胸部X光。

「所以，片子裡的左右側胸腔，有沒有胸水？」我讓問句更精確。

這番追問迎來政治色彩濃烈的回覆。

「每個人的評估多多少少會有差別，判讀胸部X光、為病人下診斷，屬原主治醫師的權責。」

我已經有把握，問題不在胸部X光的判讀，大概是在原主治醫師。

但只要得到上級一句話，我就可以開始發揮，幫她安排到洗腎，給黎茗妹妹一個清醒拔管的機會，而這一句話對一位主任來說沒什麼。

以老師的老江湖，我的盤算他一定清楚，他卻不願意回答，是有什麼我沒搞懂？

「那如果現在我參加內科專科口試，X光顯示胸壁和橫膈膜的轉角變鈍，我該說可能有胸水嗎？」

我再換一個方式提問。

撇除主治醫師是誰的因素後，應該可以好好回答了？

我為自己的聰明才智感到得意。

「老頭子我不知道。」我聽到老師如是說，看來擺明賴皮。

我盯著他，確定他不是開玩笑。這題不用內科專科，醫學生都會。

老師也不滿地回瞪著我，他的眼裡是我不理解的深邃情緒。

再遲鈍，我也知道老師不會回答了。但，為什麼？原主治醫師有這麼可怕嗎？加護病房主任根本不用怕主治醫師？

整件事很奇怪。

不知不覺，我們已對視片刻，氣氛不再輕鬆，老師也開始緊張。

「小夥子……小白，你再跟原主治醫師討論一下，好不好？現在，還有其他病人需要你幫忙他們。」他巴巴地看著我，眉頭糾結，眼神哀屈，像是在求饒：年輕人啊，不要鬧騰！放過我這個老頭吧！

我摸摸鼻子，現在變成我是壞人？

「好哦。」

我找理由告退。

我決定明早下班後留下來，親自看看白天都發生些什麼事。

苦撐到早上七點跟同事交班，我設好手機鬧鐘就倒在值班室床上。

鬧鐘在接近中午時響鈴，緊接著響起的是宣布會客時間的廣播。我起身，勉強打起精神，來到黎茗妹妹病床邊的小角落等候，正逢加護病房入口傳來陣陣騷動。

嘴含鑲金犬齒的白色落腮鬍大漢出現在我們眼前，圓滾滾的身體上方那顆頭、那張臉，熟悉又陌生。

「大圓圓會長！」

同事的驚呼讓我憶起，是常出現在新聞畫面裡的醫師協會會長，醫界最位高權重的代表。身兼國會副議長，又跟醫院所屬金融集團的總裁友好，他政商關係發達，在圈外一樣是舉足輕重的一號人物。

他偕同病人的先生來探望躺在加護病房裡的黎茗妹妹。簇擁他們的一群人擋在我面前，我只能隱約看到大圓圓陪著守候在床邊。

「華長官啊，感染治療這麼久都沒好，恢復大概無望了，跟她本身免疫力很差也有關，我們讓她安息吧！」大圓圓會長的聲音從人群另一頭傳了過來。

「謝謝，她能遇到你們這麼好的醫生，被照顧得這麼仔細，這輩子也值了！」我瞥見華長官淚汪汪地道謝。「這段時間我一直在努力讓自己接受，本來還有一點放不下，但這幾天看她水腫成這樣，腫到不成人形，我也不忍心再讓她受苦，謝謝你們，謝謝主治醫師，謝謝各位醫師、護理師。」

「主治醫師有沒有什麼話要跟家屬說？」大圓圓問。

「很感謝會長幫忙，很感謝華長官的信任，您太太能被照顧得這麼周全，最大的功臣要感謝領導我們團隊的會長。」主治醫師溫順地回答。

眾人陪伴華長官直到會客時間結束，大圓圓會長帶他離去。我則到用膳室找食物果腹。

有兩位護理師在用膳室吃午餐。

「小白，你不是夜班嗎？怎麼還在這裡？」小娟是年輕護理師，剛進加護病房工作，她驚訝我這個時間出現在這裡。

「研究病人呀，看看黎茗妹妹。」我回答。

「那你研究出怎麼回事了嗎？」比較資深的麥學姊知道我常這麼做，隨口就開始搭話聊天。

「我才想問怎麼回事，為什麼家屬沒考慮洗腎？這麼年輕不拼一拼超怪的。」我也隨口回，邊尋找食物，有時候用膳室會有休假回來的同事帶伴手禮請大家。

「什麼洗腎？」兩位護理師異口同聲地說，嚇我一跳。

我的疑問也出乎她們意料之外。

「她沒尿又這麼腫，要拼就要洗腎呀！」我滿腹疑惑，「不然勒？感染都控制下來了。白天的醫師是怎麼說的？」

兩位護理師面面相覷。

「我們是不知道為什麼沒有人討論洗腎，但你知道她當初為什麼插管嗎？」麥學姊問我。

小娟在一旁看我的反應。

「不是說是子宮內感染？外院處理完轉過來？」我更疑惑了。

「唉，這只是表面上的理由，沒有人跟你說喔？」麥學姊嘆氣後開始解釋，「那家醫院子宮肌瘤切得好，但切完之後子宮的傷口縫不好，孕婦懷胎時縫線承受不住壓力，所以他們常常把懷孕到一半、子宮破裂的病人轉過來……」

「有這種事？」我嚇一跳。

「是啊，早就不是第一次了！婦產部那邊都知道，他們主治醫師常常罵！」麥學姊生氣地說。

「不然你說，為什麼要摘除整個子宮再轉來？」小娟補充。

「交班說是子宮內感染，為了控制感染……」我還沉浸在震驚之中。

「所以說，這是表面的理由……」麥學姊搖了搖頭。

「華長官大概不知道吧？他們也太可憐了。」我感嘆，這無疑又是一則帶來創傷的鬼故事。

「呵呵呵，你不用為她老公擔心，她老公花名在外你知不知道？今天來探視的人還有小三，我不相信他有多傷心，你們男生會傷心？」麥學姊的語氣很鄙夷。

「開子宮肌瘤的醫生是誰？」我問，突然想到這個很關鍵的問題。

「白目欸，小白！是誰不知道啦！」麥學姊說著就敲了一下我的頭，「不過那家醫院也就那幾位婦產科醫師而已……」

「只知道是個波波，而且是大圓圓會長的外甥。」小娟壓低聲量告訴我。

麥學姊和我對視一眼。

我們很有默契地開始談論同事帶回來的伴手禮。

我離開醫院還沒回到住處，就看到同事群組裡的消息，黎茗妹妹被宣布死亡。

我不敢去想最後她剩多少意識，如果她在陰間得知真相，是否還能瞑目？我只能告訴自己，不要想太多，我的工作是把心思放在救治其他病人。

我寧可不知道真相，我們不可能干預會長主導的方針，知道了也不能如何。知道不如不知道。

我終於明白，當初我試著讓「會走路的教科書」干預時，我在他眼中看到的是深邃的恐懼。我終於理解，為什麼他會就這樣看著，聰慧過人的他可能也經歷過我的不滿、沮喪、無奈，最後才接受。

當晚，我翻來覆去睡不著，猶豫了一下，打給婦產科醫師的堂姑。

「小白？都幾點了？什麼事？」堂姑和藹的聲音傳來。

「你們科有沒有波波主治醫師開完子宮肌瘤不會縫，孕婦懷胎到一半都子宮破裂？」我開門見山提問。

隨之而來的寂靜持續一段不短的時間，堂姑才終於開口。

「小白，你也知道，懷孕生產的過程自古凶險，動輒危及生命。但有段時間醫療糾紛盛行，不是高額求償，就是抬棺抗議、灑冥紙，把我們逼到缺後人。差不多的時間，協會大開外國學歷後門，我們缺人只好收了許多波波。

他們相當於沒讀過大學，甚至沒多少高中生物基礎，即使住院醫師完訓也缺乏專業能力、基本常識，所以造成現在你看到的這些危害。我們醫師沒有揭發同業的傳統、負責品質控管的協會也失能很久，所以病人雖滿意當下的服務，卻絲毫不知道日後的災厄已經種下。歸根結底，這是差勁對待那些老醫師、加上協會開啟後門的惡果。那些醫療糾紛你堂姑我也不是沒遇過，被我花了點代價擺平，你不知道罷了。你說我們能怎麼辦？」

「我沒有責怪堂姑的意思，但是……」

「這也不是只出現在我們科的情形，每個科別的醫生都掌管人體，各科都時有所聞。小白，你要記得，以後如果有機會身居高位，絕不能不注意公共事務。普通醫師不知道這些，半生辛勤地埋首專業，驀然抬頭，才發現醫療現場已扭曲至斯，卻為時已晚。我知道你們年輕人心裡都還懷抱理想，但你真能改變什麼嗎？今天我回答你，明天這個世界會有什麼不同？該不該發生的都發生了，對於沒辦法改變的現實，有一天你將學會接受、放下……」

「那為什麼……」我聽不下去，這麼重要的事都沒有人管？

「我知道你們年輕人認為這樣不對，甚至想抓我們這些戰後嬰兒潮責問，」堂姑直接打斷我，「可能還覺得自己生不逢時，而我們這一代適逢經濟、人口快速成長，多麼幸運等等……但小白，你有沒有想過，你們已經很幸福了。所謂前人種樹，後人乘涼，我們出生在農業社會，而你們一出生就享受我們打拼建設的現代化都市。你現在該做的是賺錢、不要想太多，先累積經驗和資歷，等爬到我們所在的地位，再來想這些、再來為後人規劃。今天先睡了吧？」

結束通話後，我很不以為然。波波毒瘤、荒謬的亂象，多少是有經驗、資歷的協會高層直接種出的果？前人種的不只有樹。如果前人建設現代社會有功，那債留子孫的財政赤字為什麼是我們扛？那座核四算什麼「建設」？前人出生在土地相對便宜、持有一定升值的世界，而我們出生在房價所得比持續創新高的社會。現在年輕人可以像上一代一樣，靠中產階級的薪水買房？在這個時代的努力難道不是竹籃打水，越努力越陷入層層剝削的體系，過上窮忙虛度的人生？

沒上加護病房班的休假，我沒特別規劃。在繁忙的日子裡換氣，不上班反而不知道要做什麼。結果中午準備出門吃飯時，我接到死黨的電話，原來是知道我過得鬱悶，特地從外縣市來到醫院旁的小餐館，想找我吃飯、聊天，還帶了即將新婚的未婚妻來給我看。

「恭喜啊，小潘！我有收到你的帖，可惜沒辦法去喝喜酒，風城實在太遙遠，而且那幾天我真的很忙。」我為好朋友開心的同時，也矛盾地羨慕、忌妒他，「總之，很高興見到漂亮的準新娘。」

「謝謝，小潘的朋友都是好人。」新娘看起來很善良，我對這位初見面的大嫂很有好感。她是才華洋溢的設計師，但在本土企業一樣不得一展長才，有著跟我類似的沮喪。

「我知道疫情期間醫生辛苦，而工程師正夯，所以你們羨慕風城科學園區的工程師，但我相信這些惡行會被阻止，不合理的制度不可能永續。」小潘知道我的不滿，理解地安慰、鼓勵。

「不只疫情期間，工作一直都很無奈、沒有成就感。」我厭煩地說，「疫情只是讓醫療環境成為焦點，讓大眾關注到這個體系的弊端，但這些弊端在疫情之前就存在很久了。好醫生幫病人做的事，是像你之前教我保養過熱當機的電腦那樣，打開外殼後細心清理內部灰塵、檢查風扇是否運作正常、仔細塗抹散熱膏、察看散熱器功能，這才是大家需要的好醫生。但現在的制度扼殺這些服務，強迫我們隨意跑一次系統優化程式做做樣子，而不是解除故障。當然，政府和高層的種種惡行也令人不滿！對我們年輕人來說，同樣的精力可以投資在更不官僚腐敗、更有意義的領域。」

「其實，你不用太羨慕他們，」新娘也安慰我，「我現在不叫他小潘，我叫他小盤子，你將大家的遭遇說一說。」

她推了推小潘。

「哎，今天找你，是來跟你講我們買房的後續，」小潘看起來很苦惱，「當初我跟你說我們在風城科學園區買房，你還記得吧？」

「是啊，很熱門建案的預售屋，怎麼了嗎？」我的好奇心被勾起，準備好聽他說工程師的苦衷。今天如果是來跟我說，「你當醫生好辛苦，我們工程師買的房子要蓋好了，煩惱著怎麼裝潢！」我一定絕交。

「風城工程師的確收入高，但其實沒有外人以為的好，」新娘說，「只要還生活在這座島嶼，你就是依附土地的奴隸，大家都一樣，多還是少的差別。前一段時間我們都心情非常差。」

「讓我來說。」小潘擺了擺手後，說起了風城年輕人的境遇。

風城是首都都會區以外少數的人口移入區。

這主要歸功於風城科學園區的崛起。

創新的國際代工模式，打下了我國的利基，讓我們在世界佔有一席之地，但風城的工程師每年繳交高額稅金，卻只有少數資源回饋給風城建設當地。

在風城發展的年輕人，拿爆肝換來的收入買房，個個計劃在園區旁安身立命，卻不知道他們早就被盯上。

園區附近的房屋、建案大多都沒有釋出給大眾，而是交到了「中人」手中。

園區附近的物件很搶手，開案的第一天就要去找房仲，房仲牽線才能見到中人。還沒見到中人，就要先付數十萬取得「入場卷」。見到中人後才會被帶去跟建商談。

見到建商，談妥價格，賣方卻不是建商而是中人，買到的也不是房屋本身，而是中人手上的一紙「房屋讓渡合約」，交給中人的數百萬則是「履約保證金」。建築的主架構完工後，年輕買方才能跟中人「換約」，從中人手中取得真正的房屋購買資格。

房屋讓渡合約的保障是，主架構完工之時，若中人不願意換約，除了歸還履約保證金，還要額外賠償違約金。

風城年輕人始料未及的卻是，主架構還沒完工，房價的漲幅就讓中人甘願違約。相較飆漲超過一倍的房市，違約付的是區區小代價。而年輕人拿回履約保證金、獲得違約金，不但要繳所得稅，在飆漲的房市還買不起房。

於是中人開始問，年輕人願不願意再付一點小代價，加價爭取提前換約？

與此同時，內閣發布新聞，黨團正研擬修法，未來買賣房屋時「禁止換約」，而且「可以溯及既往」。政策看似在管制炒房，事實上是讓中人得以堂而皇之違約，並逼迫風城的年輕人上談判桌。

受衝擊的年輕人光風城就有數百戶，這不包括在首都都會區購屋的上百位同樣境遇買方，大家的遭遇大同小異。不甘示弱的工程師組成自救會，請律師維護權益，兩黨國會議員皆給予罐頭回應，議題也沒有被媒體討論。而跟中人的談判才進行到一半，官員就開記者會放風聲、屢次上政論節目，說惡法的通過可能會提前、加速。

中人的說法是，買賣是雙方都同意才簽約的。自救會的回應是，當初如果不透過中人的管道買房，能選的只有地處偏僻、距離遙遠、乏人問津的物件，市場並不自由。也沒有人能料到，簽了合約，國家還能透過修法影響買賣，官員還能宣稱會溯及既往禁止換約。直到研讀小潘傳來的新聞看到照片，我才發現官員就是黎茗妹妹的薄情丈夫華長官。

跟小潘交易的中人是在風城呼風喚雨的鳳姊。小潘聯絡鳳姊時，電話撥了數十通，才好不容易得到「旅行中不方便談，有機會再聊聊」的回覆。雙方終於見面，小潘的律師提議用兩百萬的代價提前換約，鳳姊聽了當場就起身走人。

相較之下，小潘的同事運氣更差，跟他交易的中人有黑道背景。風城鄰近黑道之都，小潘的同事很不幸地跟黑道很有緣。曾企圖創業的他，想到將創新材料用於神像，廟方卻說宗教事務都要黑道同意，而黑道同時是地方議會議員。

黑道治國，毒蟲也有國會多數黨黨鞭的兒子，我們其實不輸黑幫專權的墨西哥。

我察覺，國家機器只屬於少數人，欺壓不只侷限於醫界。

上一代，堂姑學的是溫良恭儉讓的順從，以和為貴的智慧有其道理，但同時也姑息隱患孳生。他們坐視人權、土地、法律、公共資源被少數人壟斷。到了現代，我們需要的是抗拒惡行和暴政的勇氣，這卻是他們最陌生、最排斥、深深懼怕而無法教導我們的。

小潘和工程師們的遭遇令人心寒。我不認同這些價值。如果國人走的路線是欺壓良善，這個社會哪裡值得我們奉獻？

「乖啦，抱怨歸抱怨，日子還是要過，在本國安居樂業本來就這麼困難啊，」新娘安撫我們兩位生氣的大男生，「你們現在是要移民還是革命嗎？」

第14章 送行

「良先生於今天，西元二〇二一年七月十九日凌晨四時二十六分，因為肛門上皮癌離世，享年七十六歲，請節哀。有任何事需要幫忙都可以找我們，現在時間留給你們。」

病人送進內科加護病房只會有兩個結果，上去回普通病房，下去回六道轉世。醫院裡救不回來的人太多，宣布死亡的醫生有時更像死神。我面容哀戚，但內心空白，送了多少人走，我早就沒在數，忘記是在數十次的哪一次開始沒有感受。相較眼前逝者親友的哀傷，我雖為他們感到難過，但也想著如何最快完成任務，我還有其他病人要救，這個半夜我還剩多少時間可以睡？

現任伴侶、前任元配、成群兒女環繞，哀慟場面極具感染力，但我已經很麻痺。工作即生活，每天哀傷怎麼過生活？我必須說服自己：不過是人人必經之路，離開的人是幸福的，儀式為的是讓活人放下。

「醫生，他最後很痛苦嗎？」元配的女兒紅腫著雙眼詢問道，顯然還沒放下。

「有你們這樣的家人陪伴，他到最後都是幸福的。」我柔聲說，「他在睡夢中離開，非常安詳，感覺不到任何不適。」

「前幾天他眼皮、喉嚨還會動，那時候他應該還有機會好起來……」

「每個人都有這一天，這不是誰努力不夠，他沒有好起來只是因為時候到了，你們都做得很棒。」我繼續安慰。

「可是又插管、又洗腎、還用葉克膜，為什麼都沒救回來？」

情況稍微麻煩，一家人跟團隊開會討論後決定撤除維生醫療，現在又再次回到開會之前未進入狀況的情緒。這都在意料之內，迎接悲痛結局的過程，接受事實之後又否認、憤怒、討價還價，反反覆覆，都是常見的現象，不是理解的問題。

我們害怕的是，憤怒的表現方式會不會是提告？會不會是言語、肢體傷害醫護人員？

「做了這麼多事，你可能覺得應該會對病情有幫助，但其實……你說的這一切，不論是哪一個，插管、洗腎、葉克膜，它們的功能都是『維生』，本身不具療效。」我回答著大家反覆說明的內容，「維生的目的，是在真正的治療發揮療效之前，維持生命穩定、撐過最危險的時期，讓真正的治療改善病情。例如，葉克膜本身只有維持血壓血氧的功能，而且一般很少放超過兩週，末期病人如果無藥可治就會好不了，理論上不該使用……」

「我是說，給他一段時間，他有可能好起來啊！為什麼不等他好起來？」良小姐堵在我離去的路上，激昂地質問，眼眶又開始濕潤。

「普通人得感冒會一段時間自己好起來，得肛門上皮癌不會，我們也很遺憾。」

這可能是自確診以來，第一次有人這麼挑明說。

醫生該道出刺破希望泡泡的實話，還是讓她繼續活在奇蹟可能降臨的夢境？我也不知道，但老醫生許多是後者。身為被普遍以為只肩負救人天職的醫生，所有人病痛纏身、生死一線時的希望寄託，不說肯定更安全一些。雖然，難免會有被逼問到無路可走的一刻。

「你們很用心照顧他，我們都知道，但佛祖先帶他去極樂世界，這是他的福氣，不是你的錯、也不是任何人的錯。他現在過得很快樂，他肯定希望你也可以好好過、別傷心太久。」

看著她手腕上的佛珠，我用宗教結束話題。她「哇」一聲變回淚人兒，我遞上衛生紙後退去。

病床邊，其他家屬有的跟著掉淚、有的上前安撫。

至親放不下是差不多的戲碼。診斷肛門上皮癌之日，其實就能預見這一天的到來。但告知壞消息帶來的是傷害，而家屬常錯把帶來消息的人，當成帶來傷害的人。許多時候前面的醫師不敢講，家屬自行發現，或從最後一位醫師口中得知。

在生命這條路上走最遠的反而是病人本人，他們大多心裡有數，而且比醫護更直面死亡。

也有人一定要聽到醫生開口，想要的無非就是「真相」。

那天是大清早，加護病房外，我被數位律師、檢察官、法官包圍。

「請問醫生，現在是什麼狀況？」

艱難，但我還是得說出口，沒有其他正確答案，「這……是腦死狀態。」

眾人譁然。

「他剛剛不是還在開刀嗎？」

「大腸鏡很平常吧！我也做過，怎麼變這樣？」

「我先總結一下事發經過，」我揉了揉腦袋後繼續，「劉先生這次是因為貧血造成的呼吸喘住院，我們調查出貧血的根本原因是血癌，也順利做完第一輪化療，準備出院。」

我按照病歷的記載敘述著，病人送到加護病房後我才看到他，沒做進一步檢查的話，除了醫療專業，我跟他們一樣對事發經過毫無頭緒。

「然後，出院前為了檢查痔瘡排大腸鏡。沒想到，昨天早上大腸鏡做完，還沒辦出院，下午就開始血便、血流不止。立即再做大腸鏡止血無效，血管攝影栓塞也行不通，沒辦法才大半夜緊急進手術室，計畫是切除出血的那一小段腸子。手術很成功，但一整晚出血嚴重、輸了上百單位的紅血球。早上手術結束，來到我們加護病房，麻藥退了人沒醒，我們一看發現腦死。」

講到這，已經有人別過頭去、無心聽下去，我也很難過，但我必須繼續，這個場面不能說沒有一點壓力。嚥下不安的心情，我說給堅持想知道的法律人聽。

「你們想知道怎麼明明好好的、都要出院了，結果做個大腸鏡就變這樣。我現在也沒辦法做什麼檢查佐證，只能推測過程可能如下：大腸裡有一顆容易出血的『憩室』，簡單說是一個大腸管壁上的小凹洞。一般來說，大腸鏡檢查這樣的小刺激如果讓它出血，很快就會止住了。但劉先生因為血癌的關係凝血功能不佳，所以才血流不止。開刀過程中，血越流、血小板消耗越多，輸了這麼多血，雖然最後止住了，但因為流血過程中消耗太多血小板，血小板數量太低，發生了自發性腦出血。當人體血小板數量太低，腦部就算沒受傷也會出血。術中，他的血小板數量應該曾經低到會引起自發性腦出血的程度，所以現在才會腦死。當然，沒有調查死因的話，這只是我的推測。」

在場的法律專家不懂醫學專業，但都知道調查死因指的是驗屍，已經沒有人想聽我說話了，這想必是讓人很不能接受的推測。

劉檢察官一生服務司法，過去一直健康，發病以來第一次住院，一住兩個月。原本以為終於要出院，沒想到做個檢查變成要開刀。進手術室前，他還在安慰急忙趕來的眾人，請朋友和小孩別擔心、幫忙加油，過一晚卻天人永隔。

沒有人能接受。

亡妻幾年前先離去，同事和朋友把留下的小孩帶到一旁安撫。我沒說的是，手術房大概把血庫的血小板都輸完了，血還是止不住。之後輸的只有紅血球、無法照比例輸血小板。流血又持續讓血小板被消耗到數量探底，形成惡性循環，造成如今的結果。之所以可以止血出手術房，純粹是嚴重休克讓傷口不再流血，簡單來說就是——血都流光了。

這些話自然沒必要說。

宛如送行者，我被強迫窺視臨終患者的生平。

富豪的妻子藥費千萬，最後堅決不繼續治療，瀕死過程，親友驚恐。藥行老闆確診膀胱癌，被救到最後一刻，妻妾成群，哭哭啼啼。長官的母親末期臨終，滿足願望，全家安寧守候、心懷感恩。高齡長者睡夢中肺炎卡痰去世，全家誦經，滿堂兒孫齊聚。少女死於自體免疫疾病合併感染，同學哀悼，父母斷腸。愛滋病友的中年男子死於黴菌感染，孑然一身，公墓下葬。診所老醫生逝去，從美國趕回來的妻兒還被關在防疫旅館，遺憾不已。

清談永恆主題的閒心是少數人才配擁有的奢侈。不再第一線行醫的醫師方有空檔將生命、死亡、人情、病痛化作談資，滿足圈外人的好奇。除了善終及正常的臨終，第一線醫師還要不時面對恐怖的鬼故事，我只能換個角度看事情、試圖麻醉自己：只不過是芸芸眾人一生尋覓參與自己臨終的成員，然後從名為人生的漫長病痛解脫。

麻藥總有退去時，是在我得知自己的外婆確診腦瘤。我腦中一片空白，歷歷在目的是過去宣布死亡的場面，我看到自己成為臨終畫面的一員。面對父母詢問，我回憶過去種種、推演數個未來。

將近三十年相處，大部分共同回憶卻停留在童年、升學前。離鄉背井求學、工作，醫學占用大多數青春，視訊裡外婆顯得陌生。

以神經症狀惡化的速度，搭配胸部X光的病灶，腫瘤只可能是惡性的，剩餘相處頂多數年。癌症的自費新藥不是我們能負擔得起，開刀、化療也太辛苦。家族都有共識，安寧是最好走的路。

我把握著最後的日子，卻只得到數個月的時間。外婆從頭到尾沒住院，那天來得特別快。她離去的那一刻我正在值班，隔天到場我勉強擠出眼淚。發病以來有時間慢慢接受，沒有感傷是麻痺還是坦然，我也不知道。

創傷襲來是在長輩主持喪禮、遺體緊接著火化，家族大哭告別，我才知道還是會痛。

我慶幸從前宣布死亡時，我有做好我的工作，但也感到忿忿不平，憑什麼見最後一面的權利我卻沒有？

上班的日子，我情緒消沉、內心黑暗。

我看到惡質的權貴住在單人房，我看到洗錢的罪犯用最好的藥，我看到有前科的政客更早有病床，我看到黑心公司的總裁先進手術房。他們自認付了很多錢、覺得自己是貴賓。但我們做這麼多診斷和治療，全世界只有我國不為此付費。我想著，若我的專業不值得這個社會付費，代表這個專業不值錢，不值錢的專業對方不用也沒什麼損失。團隊困惑病情怎麼了？為什麼會惡化？同事們熱烈討論，我卻不甘願參與。為什麼洗劫民脂民膏的享受醫療，值班到見不得最後一面的人，付出的勞力不能換成收入買藥？

我們從小刻苦唸書，在最會考試的系維持排名，七年的課程出了名地繁重，畢業後持續投入專業的努力至少不亞於別人，做的體力活也伴隨巨大風險、不比別人輕鬆，一路的犧牲他人難以想像，為什麼社會享受我們日夜勞動，還要求便利、要求醫德，卻沒有同等的善待？

一個人憋著受不了，也不敢跟科內的同事抱怨，我將我的不平向友科的黑皮學長訴說。

每一階段都各有各的勞苦，擔任總醫師的黑皮學長並沒有更清閒。幾個月前我在他的教導下學習，他是病房裡的小太陽，現在經歷了數個月操勞，成日忙著班表、簽床、檢查室工作、研究計畫、次專科考試、健保的官僚作業，他看起來比我還憔悴。

「小白，你真的很單純。」黑皮學長嘆了口氣，將我帶到討論室，關上房門，開始述說他看到的現實。

「國家社會不是沒有錢，更像是沒有付醫護的錢。主管部門高於行情收購未合格疫苗、公費採買無療效抗病毒草湯，關於這些政策的種種說詞令人費解。輿論對我們穿隔離衣水深火熱的看法則是醫護人員大發國難財，防疫英雄也是業者而不是醫護，主流民意比病毒更讓第一線心寒。相較一板一眼的科學，許多國人傾向購買虛妄和幻想，比如調整酸鹼的電台飲品、消滅癌細胞的水晶能量。這些昂貴的偏方無效最後回來找我們，免費的健保沒救活常被他們說成殺人。這些我們眼中的議題，好像不如別人囊中的既得利益重要，這個世界似乎就沒有人在乎過公平。」

我被學長的發言嚇一跳，苗頭不太對，我不確定自己敢不敢聽下去。

可轉念一想，這雖然不是我期待的安慰，但一直以來只學怎麼救人的我，也不時看到這些真實存在的現象。我專注地繼續聆聽這些平常不會有人說的、醫療的另一面。

「你看論壇上那些比你有空閒發文的網友，怎麼匿名閒聊真心話，『我看醫生明明過很爽，醫學教育出了什麼問題，當醫生就該救人而不是想賺錢。』但你需要藥費時他們也頂多出一張嘴。一般都是指望別人時才談慈悲奉獻，聊到自己帶頭示範都各種理由推託。想救人每個人都行，急診室從來不缺志工，醫學系、護理系也沒有報考年齡限制，領錢的工作還有處理醫療廢棄物、消毒清理環境，門檻很低、大家都可以來。人人都要求醫護奉獻，但沒人願意幫忙。『不當給別人當』其實就是慣老闆的『不爽不要做』。」

「醫師協會的態度呢？」黑皮學長停頓了一下，「你家長輩沒有醫院高層或協會大佬吧？」

我搖搖頭。

他繼續道。

「協會出版的《本土醫界》雜誌，每個月幫波蘭學校打廣告。頂尖醫學中心也收留回國的長官子女，苦讀的本土醫生幫這些王子公主善後。歷任會長姑息他們的不肖診所，民眾數十年來花大錢葬送健康。你看會長大圓圓，他費心將家屬安撫地很好，卻沒花時間診治病人，因為相較本人是否存活康復，他重視潛在原告的驚慌得到照顧。『年輕人沒有醫德、價值觀跟我們這一代不同。』他和他的朋友總是這樣說，贏得圈外人的掌聲。但他們的價值觀又是什麼？他們暢飲廉價的黑心地溝油，吹捧健保和波波的黑心醫療，拿人類的生命換子女的虛名，賣師門的未來求當官的機會，滿口仁義道德的模樣，像極擔任GNP理事長的地溝油商人……」

除了我們的呼吸聲，房間裡靜悄悄。我緊張地瞄了一眼緊閉的房門，我們是私立醫院，醫院老闆跟會長關係密切，此時此刻的對話不能讓其他同事聽見。

學長似沒顧慮太多，繼續痛斥。

「那位想升官的醫師作家大談醫德，感人的醫療童話大賺圈外人的熱淚，但他私底下上課罵『國內那些鮰民』，儼然自己一家人不是國民。高能疫苗跟排冠湯糟蹋全國人民的身體和稅金，沒有位高權重的醫師代表聯合批評，沒有現代醫學權威群起反彈。怕被開罰三百萬，師長同學只敢同溫層開罵。

我們這一輩的代表呢？班上成績最差的同學，大學活躍於社會運動，畢業後即踏上從政的道路。他推崇的是英國公醫制的薪資，配上我國的工時和勞動。他宣傳醫學是志業、他當醫生就是要救人，但我眼中他只有不產生醫療糾紛的及格，沒在醫學造詣下苦功的他，完全不具備救人的醫術。」

「醫德、志業都是這些不來幫忙的有時間拼命講，現在你告訴我，到底什麼是醫德？」

學長的回答處處透露著他的無奈和迷茫，向他尋求意見的我也不知道該說什麼。

他拍了拍我的肩膀後離去，留下我一人獨自思考。

什麼是醫德我不知道，但我看不到他們的良心，完全不想當這些醫生的病人。

一直以來，我參考的都是良心而不是那些人口中的醫德，但良心是什麼我自己也開始懷疑，要什麼支援沒什麼，做到多少才算夠？

我看到半年前我花許多精力救回來的病人，當初換月時我明明很仔細交班。半年後加護病房再次遇到，調查疾病的進度竟還停留在那個月。為什麼灰心低落的我，好像沒比別人差？難道只出八分力才是常態？是無奈環境下的必然？是不是其實是我太傻？只有我一直沒參透？

眾所周知，制度和環境的問題，主要是政黨時而被財團和保險公司收買，也是協會任之聽之、社會價值觀普遍消極。解決方案卻眾口不一。求學、行醫，許多菩薩心腸的師長將我領進門，這些強者被大家當作楷模。他們學識淵博、神乎奇技，但默默服務，現大多垂垂老矣。我很感謝前人付出貢獻，自國外引進技術後用心發展，奠定我國的生醫基礎。然而，他們走過的路不是我們的答案，那個時代的四大科是畢業生的第一志願，是蓬勃發展的領域。現在的大環境下，我看不到這個行業的未來在哪裡？掏空這個體系的協會要帶我們走向何方？

作為醫師，我們也同時身為病患和家屬，現在畸形的生態下家人生病需就醫，我相信的醫生只剩我自己和少數人。解決小病從來不會太困難，但耗費資源的大病，這遠遠不足以保障健康。上一輩享受醫療的同時，是否考慮到資源能否永續到下一代？

相較醫界自己人的擔憂，外界對醫師懷著許多幻想，對醫療還抱有很高的期待，甚至覺得醫護做得還不夠。但不知道國人有沒有想過，全球保險業分析和大型資料庫裡，代表便利、便宜的醫療保健指數，我國一向排名全球第一，奉獻的都是誰的肝跟血？是誰一直努力維持假象不崩壞？還要做到多少才算夠？

傳統的醫師形象是享盡榮華富貴，以至於泥淖中掙扎的現代醫師嘗試發聲，卻無人迴響。當鞠躬盡瘁的老醫師也從行醫轉變為求醫，孤立無援的新、中生代應向何處去、該往何處從？

小百科

接受悲傷事實的五個階段

遭遇悲傷的人常常會經歷五個階段，否認、憤怒、討價還價、鬱卒、接受，這個過程可能反反覆覆。

過一段時間自己好

大多數需就醫的疾病，都不是小感冒，都不會「過一段時間自己好」，而是需要接受適當治療。這是本人或家人不能接受病情不樂觀時會有的正常反應。

自發性腦出血

當血中血小板濃度過低，即使腦部沒有受到劇烈傷害也會流血，稱為自發性腦出血。

腦死狀態

醫學上，大腦完全失去功能時的狀態，接近死亡。法律上需經「腦死判定」才能宣布腦死。

第15章 我很快樂

兩點一線上下班，回到住處只剩睡眠和唸書，不是時間而是勞累讓我忘卻失去至親的傷痛。

生活很快歸於平淡。

光陰流逝，每個月的每一天和隔天，都沒有多少不同。

隨著經驗逐漸豐富、能力持續精進，我準時下班的日子越來越多，只有偶而會因為病人而晚下班、不得不放棄晚上的行程。又適逢新制度ＰＧＹ的短暫人口紅利，醫學系從七年制變成六年制，ＰＧＹ從訓練一年變成兩年。醫學生訓練一樣是八年，但兩倍的ＰＧＹ讓班表變得人性許多。我們雖然常戲稱剛畢業的新制ＰＧＹ為「ｙｙ」，但因為他們，我們終於得以喘口氣，事業之外總算多了一點閒暇。

月底的最後一天，一位慢性呼吸喘的阿嬤住院排隔天經動脈心臟瓣膜置換手術（ＴＡＶＩ），治療主動脈狹窄，由我們部主任親自動刀。兒子是上上一代已退休的名醫，身家數億，捐了數千萬到醫院的研究帳戶。這次媽媽以心臟內科、心臟外科前院長親自探視的ＶＶＩＰ之姿住院。

身為負責照顧的住院醫師，我戰戰兢兢。

上午心臟外科的前院長來，看護反映肛門滲糞水但量不多，前院長吩咐開「最好的」止瀉藥。

下午心臟內科的前院長來，特聘護理師反映三天沒排便，前院長吩咐開「最好的」瀉藥。

我心裡翻了翻白眼，開了那些一顆〇．五元、國內僅有的、常出副作用的台廠藥。

遙想從前，剛入行的我肯定把前院長們指示的這些藥停掉，照腹部Ｘ光看是否是堅硬糞便塞住、肛門周圍才滲出糞水，然後手指伸進去診察後挖出。但都下午快下班了，我不想照Ｘ光，因為擔心延後下班，更不想挖大便，因為晚上有約會。而且我有過雞婆多做事、試圖跟上級討論、改上級藥方被罵的經驗。上級很小心眼，罵完評價我傲慢又能力差，日後處處不信任。

我學會乖乖照做就好。

我想到，我有論文要寫、內專要考、時薪二百五十元、存款追不上頭期款，大學電動打四年的堂哥說我起薪高，但我二十九歲單身買不起房、未來沒有主治醫師缺，而最近在追的同齡工程師女生已經有房也有車。

她喜歡我的風趣、每週約我出門，但不巧常常碰到我值班，而同時還有一位機師在追她，聽說很有錢。上次約會已是一個月前，我們氣氛曖昧、兩人微醺，我送她到家門口，她甜笑著邀請我進去看看，說臥室的景色可以看到壹零壹。

處男的我不是不想推倒她，第一次見面我就很想進入——不是房間——只是我前天值班二十四小時很累、昨天趕完報告也沒什麼睡，她穿了低胸短裙我還是整晚都沒硬起來。

護理師的來電把我從那晚的回憶喚醒，下午四點正在交班的她說，阿嬤剛剛又在喘，生命徵象正常，問我有要幹嘛嗎？應該還好吧？但老醫生的家屬在旁邊很焦急……

我趕緊協同護理師、同團隊ｙｙ、醫學生、護理系學生，組成十多人的大陣仗前往探視。

阿嬤跟早上比起來比較蒼白，剛剛突然喘了一下、約五分鐘，但一看到我們來就突然好了。

「沒什麼啦，喘很久了，這副身體就這樣。」她微笑。

「這次就是為了這個來換瓣膜，」一旁的老醫生兒子也陪笑，「剛剛我比較緊張，現在沒事就好。」

「還是檢查一下好了，突然發作又馬上緩解的呼吸喘……」可能不單純，我開口想要解釋。

「不用啦，一直都這樣，兩三天就要喘一下。」阿嬤舒服地在床上裹緊棉被，沒有一點騰挪的意願。

「是啊，媽媽的身體我們很熟悉，檢查做過很多次，從來都差不多。剛剛你們部主任正好來，他前腳才剛走，你們有沒有在走廊遇到？要多跟你們老師學習，看多了就不會小題大作。」

明天主刀的部主任被搬出來了，我馬上閉嘴。

心臟科累積許多熱愛挑戰的優秀人才，部主任更是圈內眾知的神人、聲名遠播，但他的事務堆積如山，大半時間都被衛生部門的官僚作業卡滿。這些狀況平時都是交由我們和護理師幫忙注意，再報告給他，不過我們的建議，家屬似乎不在意。

「謝謝你啦！」阿嬤笑道。

「沒什麼，住得還習慣嗎？」

我也笑笑地關心她的睡眠和心情，細心檢查脛骨的輕微水腫，跟老醫生兒子搏感情一小時，跟醫學生機會教學十分鐘。

以前我會花許多時間仔細衛教，少吃鹹的、要減肥之類的，但人家不愛聽、健保沒給付，我何苦？家屬想跟我聊天，我就跟他聊天，前院長們也這樣。

總醫師打來詢問VVIP的狀況，我詳實報告剛剛的英勇事蹟獲得了稱讚「以後考慮走我們科啊！」

病人、家屬、老師、學長姊、學弟妹、護理師都很喜歡我，覺得我能力好、態度佳，但我心情很沉重。

摸下肢水腫時、我偷偷摸了足背動脈，脈搏是不規則的！剛剛的陣喘十之八九是心房顫動——一種危險的心律不整——疑似瀉藥和止瀉藥一起吃造成的！

診斷要做心電圖，但病人不想做心電圖，我也不想做，儀器要去別樓層病房推、推來又要先修理故障的機器，最後還不一定能用，證實是心房顫動的話更要做許多處置，當晚的約會肯定泡湯。

人很好、幫醫院打雜、工時比我長、薪水比我低、三十好幾的「年輕」主治醫師下班前來查房第二次，我又被阿嬤和兒子稱讚了一次。我跟下個月接手的ｙｙ仔細交班兼教學照顧ＶＶＩＰ的經驗，然後下班衝回家洗澡，趕上晚上七點跟女生的約會。

阿嬤是許多醫師、護理師一起照顧，我不發現也會有別人。是吧？

半個月匆匆過去，我在樓梯口遇到接手照顧阿嬤的ｙｙ，他淚訴他有多衰。

半個月前，他月初上班第一天就遇到阿嬤一早被送去動手術時，在手術台上被發現眼歪嘴斜、頭部電腦斷層顯示大片缺血性中風，中大腦動脈大片阻塞合併大腦水腫（large-territory MCA infarction with cerebral edema），疑似是心房顫動造成的，經過兩週折騰，現在是有氣切管的植物人。

每天家屬都在唸，阿嬤給我顧時就好好的，換yy顧就整天心房顫動，還合併心跳過快。本來好好住院動手術，還沒動到就中風，yy被嫌東嫌西，前院長們和部主任都很不高興。

我趕緊轉移話題，拿出我跟工程師女友的合照給他看。我已經放推一段時日，大家都喜歡我，我也很順遂。以前的我很積極，家屬病人嫌麻煩、護理師怨聲載道、同事怕被我電、上級覺得我做事急躁，現在反而人人讚頌。

我很強，我熟悉內科八大次專科，擁有各式各樣豐富的經驗，多重共病、內科難題大多考不倒我，但是我把這些能力用來減少我的工作負荷、把炸彈丟給別人。本來就被當醫奴的我也不會良心不安，沒給錢就不做事，大環境惡劣時我過得很快樂。

我真的很快樂。

我已不知道何謂快樂。

我的血與淚沒人看見。

不敢告訴任何人，只能偷偷問自己，我明明看病細心，到底哪裡開始錯？診斷心房顫動，時常不容易，但及時診斷、及時治療，卻可以預防中風，避免國家棟樑的壯年人、智慧沉澱的中老年人，成為餘生臥床的植物人。

可是，心房顫動的診斷，為何是我想？慢性呼吸喘，每天一兩下，本來就平常。喘的原因這麼多，阿嬤大家都看過。別人沒想到，為何我要想？動腦多想只會讓我多扛責。我將病情上報給主治，如護理師將病情上報給我，責任一直都是往上傳。只要沒有上級差，可否說我沒責任？

為何我要摸動脈？摸脈搏診斷心房顫動，這些醫生裡只有我。如果生命徵象正常，忙就不會看病人。就算有人跑去看，多少醫生會去摸？為何我要更仔細？為何我要更精進？摸了，發現心跳不規則，我懷疑心房顫動。不摸，我只是跟其他人一樣，無知且幸福。為何我要擔更多勞動？為何我要被良心譴責？多一個動作、做得更好，竟然是懲罰。下次我還敢不敢摸？

為何我要想到心電圖？病人沒有新問題、心跳速度也正常，心電圖可以多做，但沒絕對適應症。病人常常呼吸喘，如果過去檢查差不多，為何這次不一樣？我苦心鑽研才習得，為何習得過更苦？中風無法確定因果關係、不可能知道原因，心房顫動只是我猜測。沒有懷疑、沒有檢查，就沒有診斷，這件事自始至終都是謎。但為何我覺得該做？

阿嬤讓其他醫師顧呢？

結果不會有任何不同。差別是他們覺得病人運氣差，而我知道還可以更好。以醫療常規來說，我已經及格。不規則的脈搏沒紀錄，只要不說出我的發現，最厲害的律師也無法說我有疏失。而且下指令開藥的是兩位前院長，在我之前探視病人的是部主任，我完全可以撇清責任，但我因為良心的譴責痛苦。

應注意而未注意，法律罰。

不需注意而多注意，良心罰。

這是救人，你是醫生欸，良心這樣道。

可是……按勞基法準時下班錯了？下班後的計畫是我的權益，工作犧牲我的權益，那我根本沒權益。沒有權益，何來義務？如果救人當理由，什麼都妥協，勞工何必限工時、醫護何必領薪水？犧牲的不只一點權益，環境惡化不是一天兩天。醫療順利運作需仰賴整間醫院的人力物力而不是區區兩、三人，但被迫承擔、面對的總是孤立無援的渺小個人。破敗的設備、劣質的藥物、過載的工作量、低下的護病比、險惡的職場官僚，這些難道沒貢獻？

他們不知道，不知者不罪，而你知道了，你就應該說，良心這樣道。

但為何更細心要扛責？為何注意到要更累？為何標準更高更痛苦？為何人要生來就帶有良心？

內科醫師的高明是防患於未然、減少發病的人，但行善會被傷害，義舉得不到支持，看透要受良心譴責，制度還會扯後腿。次高明的醫生把將死之人救回，病人半死不活需照顧、醫療體系更過載。而家屬的感謝、同業的讚美、醫院的績效，都給了後者，我們需要的卻是前者。

如果交班我的懷疑，值班醫師肯定不接受。值班醫師太忙，無暇分心他顧。一直都是自己的事情自己做，事情完成才下班。領低時薪、奉送勞力、犧牲人生、不能犯錯、家屬勒索、上級羞辱、工作過勞、身體變差，一天一天這樣過，醫療環境一年一年差。

醫學之外，我人生空白。

體系之內，我想維持水準，卻被現實打到痛。

為什麼制度不願意站在醫護這邊？如果大環境不要血汗崩壞，我們有可靠好用的武器，工作可以得到充足休息，大家都很樂意助人。如果付出可以被善待，還會有更多同業投入這個領域，病患的病情被照顧得更好，醫療體系的負擔可以減少，形成良性循環。但現實是體系把該做的事當燙手山芋推給我們，國人被灌輸錯誤訊息，遇到不滿也責怪我們。跟上一代不同，現在的年輕一代承擔更勝以往的風險、壓力、勞累，作為夾心餅乾、夾縫中孤獨求生，知情的人都在逃。沒有人真的想像白血球一樣，跟疾病作戰後犧牲自己。

為什麼一定要醫病雙輸？過去數年來，醫療體系的贏家只有政客、協會高層、財團和保險公司。以前，大家期待熬完幾年訓練中的歲月，三十多歲的生活可以得到喘息，現在知道這是天方夜譚，水深火熱的隧道到底有沒有盡頭？

大家都累了。

我也累了。

我接過別人傳來更恐怖的炸彈，環境本如此，我不是最爛，我這樣安慰自己。

小百科

心房顫動

心律不整的其中一種，可能無症狀或症狀輕微，也可能症狀嚴重、造成休克或引起中風，常常突然發作、又突然回復正常，難及時診斷。

缺血性中風合併大腦水腫

腦部血管被血塊阻塞，腦細胞無血流及氧氣供應而開始受傷、死亡。大腦水腫為嚴重缺血性中風的併發症。

第16章 年休

過去，我的年休，一年只有一天、三天，現在終於增加到七天。因為制度轉換獲得人口紅利，假期的限制也少了許多。這次我搭配週末，向總醫師一舉求了十一天的假。

「週末你常常不見，現在年休還跑那麼遠，每天都要打電話來哦！哪一天敢漏掉，我就當沒有這個男朋友！」工程師大人在電話裡撒嬌。

一年只放假一次，放假時朋友、家人通常都在上班，年休大多是一人上路。坐上通往花東的列車，我抵達富岡漁港後轉搭渡船，來到集合悲傷與美麗的人之島。

潛水、登山、賞夜鴞，我緊繃的心情和疲乏的身體得到放鬆。參觀地下屋，我聽當地人訴說悲傷的歷史。

早年，翠綠的島嶼被當作關押囚犯的監獄。罪人的勞動建設了環島公路、貢獻了偏遠島嶼可貴的基礎建設，但他們也滋擾住民、傷害了當地族人。一如諸多偏鄉，年輕人口持續外流，而絕無僅有，送回去是罐頭工廠的核廢料。過去的政府沒有文化保存意識，長者被迫從地下屋移居到國宅，卻鬱鬱而終，壽命從預期超過百歲減少至不到七十歲。

環島只需要一天。美麗的海洋吸引觀光人潮，也帶來當地無力清運的垃圾。這些垃圾運不走，堆積在島上，志工們努力宣傳這樣的事實，卻也無能為力。

不只是醫療體系，許多行業、許多族群都在被政府、被國民壓榨，人人都在呼喊救命，但人人都只看到自己。

假期的倒數第二天，我坐在「望海亭」發呆，當地人的語言我不會說，但我更喜歡「靜思亭」這個名字。

海不能更藍、山不能更綠，小如灰點的漁船在厚重的雲層下徘徊，我放空，襲來的卻是手指摸到不規則心跳的觸覺。記憶可以被埋藏、被忘記，但一定會再被想起。這樣下去，我不可能獲得平靜。

下定決心後，我思量了一下，撥通電話給導師小明。聽完我的描述和內心掙扎、我對醫療環境的看法，電話那頭靜默數秒，我忐忑地等待同行、師長的判決。

「小白，很高興你遇到這個疑惑願意想到老師。你還年輕，當醫師你很細膩，觀察得多，但行醫的路上、人生的路上你還經歷得少。想下班沒錯，這的確是你的權益，也的確跟我們的職業傳統衝突，你們現在的環境又不比我們當年。你的一席話也讓老師有所成長，現代社會價值觀多元，你們個個絕頂聰明、有自己的驕傲，老師也沒把握什麼會被你們這一代認可。回到這件事，我們都可以同意的是，如果你發現病情變化就處理，肯定會更好。細心的確吃虧，可你不用這麼老實啊！是我的話會先離開醫院再打電話跟值班醫師交班，說離開醫院才想起來。你可能還是會被罵，但這個狀況就有人注意了，你也可以繼續你規劃好的下班行程。不過我是事後諸葛，當下肯定沒那麼容易，我只是想要表達，當醫師很容易習慣孤軍奮戰，可一個人的力量有限，本來就無法對抗整個體系，你撐不下去你可以考慮 call for help，『請求援助』。」小明老師加強語氣強調。

「以現在的醫療環境，請求援助可能會遇到求助對象跟你一樣忙不過來。但就算最後眾人的力量也無法對抗整個體系，你至少得到盟友，你不會孤單。請求別人伸出援手、邀請對方加入成為盟友，也是很重要的能力。就像你今天帶著這個疑惑來找我就很好，理論上導師是這個制度下被安排解答你疑惑的人，但不是每一位導生都會跟我求助，所以就算我想幫助他們也常常沒有機會。然後，前院長、部主任、主治醫師、總醫師就跟你值班忙不過來一樣，他們也身兼多職、忙得不可開交。病情變化他們不一定是沒想到，而是他們相信把病人交給你，你會好好處理。你說得沒錯，這個病人的中風本來就難免，換哪位醫師大概都是一樣的結局，而心律不整作為可能的病因被你觀察到，恰恰是因為你有超出旁人的細心。你有機會改變，卻在現實的無奈下投降，這樣對你不好。這類事件每發生一次，你就會被關進自我譴責的牢籠，繼續下去，就算你比其他醫師救活的人更多、救得更好，你在這條路上也會走不遠。本來就沒有不受挫之人，醫生不曾受挫，只是病人看不夠多，沒有迷惘過，也是行醫不夠久，重點是從中學習成長。行醫很難，要學的不只有知識和技術。」

老師停頓下來，我調整呼吸，我期待的是更嚴厲的斥責，目前為止算可以忍耐的難受。

「現在，老師希望你不要太難過自責，你不是第一個有這些疑惑的年輕人，『職業過勞』(burn-out) 的人全世界都有許多，醫生特別容易。老師理解你的痛苦和勞累，因為我們也是這樣過來的。只是當年我們沒有如此懸殊的貧富差距、高房價所得比、惡劣的醫療環境，所以我願意為了主治醫師生活熬住院醫師。但你仔細想想，你們面對的不只是協會裡當權的那派高層和少數的不肖前輩，還有全球大環境問題，房價、物價飆漲的根源其實是貨幣政策。你有著國人的通病，國人認為事件的發生要找一名當事人責怪，是當事人的品德問題、是良心問題，是努力不夠，但不是這樣的。這是『系統性問題』、是體系的問題，只要這個體系還是如此，你不會是第一個，也不會是最後一個。國人會認為，當事人不適合當醫師，應該給別人當，但事實上，系統性問題的意思就是：誰來都會走上類似的結局，說這些話的人自己沒有比較好。就像報章雜誌營養少、內容充斥腥羶色，我們不會要求報社去多讀一點《論語》，而是會去檢討閱聽觀眾、新聞廣告產業、整個環境如何形塑這樣的結果，因為這不是個人品德和良心的問題，而是整體制度和生態的問題，誰進去都會走向差不多的結果。需要改變的是整體『系統』，而不是系統下被擺弄的『個人』。國民的健康是許多人的財源，小至電台藥丸，大至政黨、財團、生技公司、保險公司，他們的勢力很強大，部分前輩走偏了、加入他們，年輕醫師看在眼裡會迷惘，但我們該做的是改變制度、把他們拉回來，而不是順從體系的歪斜、讓他們的勢力更加壯大，正確的路本來就難走。這些問題一直都存在，有些人一輩子不知道、有些人太晚知道，你還年輕就被你觀察到，你可以嘗試改變看看呀！依你的個性，你有辦法坐視不管嗎？你要再一次不作為？可不可能用你們年輕人的方式改變？現在不是有自媒體？去試試呀！這個社會就是能者多勞，但也不是要能者默默承擔。如果你認為自己是能者，你何不嘗試說服自己人、說服社會大眾？邀請他們成為你希望看到的改變的助力？總之，我相信許多道理你都懂，你只是太累了。加油，也辛苦了。」

導師還有醫院的事務要忙。

掛斷電話，我默默面對瑰麗的海洋，那一道道波濤上的浮光，在一陣陣浪潮下沉沒，生生不息簇擁著、追捧著岸邊沉浮的塑膠垃圾，演繹絢爛、虛幻、須臾、可嘆。

我是欣賞這些浪花的。

就算責任不在我，我不能單憑欣賞而想要有所作為？這不就是行善的本質？

但話又說回來，就因為行善是本能，本土醫療才舉國欺負行善之人。對醫療業來說，行不行善從來就不是想不想要的問題。

一切又回到原點，目前的制度並不鼓勵行善，這題似乎還是無解。

許久，我想起來要呼吸，長吁一口氣後，胸口的沉悶減輕很多。

得到一位站在我這邊的盟友，我的心境已經平穩許多。

可以信任的前輩不一定有，如果有這樣的人，還是可以徵詢他們的想法。

其實道理我都懂，只是迷失在繁忙的工作太久，忘記了。

導師再次點醒我。

趨吉避凶、好逸惡勞，人之本性，佔社會七八成，人人生來帶有原罪，或貪瞋癡慢疑的惡念。約一成的人，比一般人再更卑劣一點，約一成的人，比一般人再稍微聖潔。不管是平民老百姓、政客顯貴、醫師、病患，都有這樣的分布。有人的地方就有善惡，有善惡就有社會，人就是善惡。人有自私的一面，想得到時向別人索取，也有溫暖的一面，別人求援時有想伸手的心情。制度和環境該做的是，誘導出人們溫暖、善良的一面，而不是懲罰善人、默許惡徒。所以我們社會獎勵有貢獻的人、懲治罪犯，而不是讓少數人獨自承擔。

但現在制度出這麼多大問題，論權勢我們不如政黨，論財力我們不如財團、生技公司、保險公司，論行銷接地氣我們不如黑心電台，論聲量和掌握的資源我們更遠遠不如走偏而加入那些人的少數前輩。波波的人數也成長恐怖，有些科都超過正常醫師了，許多人背後還有身為醫師的父母撐腰，連他們都要壓過我們了。自媒體就能將醫療現場的需求和真相傳播出去，最後造成什麼改變嗎？年輕醫師真的做得到嗎？誰來？

反正肯定不是我。

導師太看得起人。

靜思亭裡，我睡了一會，再看一看海，一個午覺過後，雲層淡如薄紗，燦爛的陽光傾瀉下來。

天光萬頃，瀲灩閃耀，雲霞如詩，燦日如畫。

當地族人世世代代透過這些亭子觀察天象，判斷船隻適不適合出海，是否曾有人眺望到忘記時間？若能一直待下去，可有多好？

我貪戀這斑斕的景致，看得入迷。

半晌後，起身，開始回程。

再次乘坐渡船，我回到這塊生活了三十年的厚實土壤，踏上接駁巴士，進入台鐵車站。

看到醫護人員打折的牌子，我掏出職員證。

「一份台鐵便當，多少？」

「九十元，等一下喔！」

老闆娘的動作有點慢，我邊等著邊低頭看手機裡工作群組的訊息，就快收假，要開始面對了。

「來！」老闆娘熱情將便當遞過來。

「來，謝謝。」我遞上零錢。

「謝謝你呀！」

醫院工作的人動作迅速俐落。東西一拿，我結完帳就轉身，走了兩步，才發現便當握在手中的形狀不對。

我轉頭。

「這個……？」我看了看外觀變形、不再四四方方的便當盒。

「醫師辛苦了，幫你塞一顆茶葉蛋。」阿姨的笑容淳樸可掬。

「謝謝！」我報以微笑，喉嚨傳來哽咽。

月台上吃著便當，茶葉蛋熱熱燙燙，我內心很動搖，蛋很入味、茶香很透，十元茶葉蛋，遠勝衛生部長的防疫獎狀。

出來醫院外透氣，我感受得到，社會普遍對我們還是很尊敬、很優待、很友善的。醫療體系不只一個人，醫師承受許多傷害和他人難以體會的沉重，但隨時待命的救護車消防員、不眠不休埋首實驗室的醫檢師、輪班出入新冠肺炎病房的放射師、呼吸治療師、傳送人員、外籍看護等等，甚至幫家庭照顧病人的媳婦，他們也都是醫療體系的一環，各有各的勞累。類似的傷害他們也會遇到，差不多的辛酸他們可能也有。醫護至少享有殊榮，我們都會不時收到來自國人的鼓勵，例如新冠肺炎病房裡的一疊一疊餐盒，醫師還多了這個社會少有的尊崇，其他醫事人員連這些都沒有。雖然這都不是年輕醫師想要的，因為常伴隨的是不成比例的沉重義務和難以滿足的期待，也不能拿來付房租，但，能受之有愧？

吃完午餐，等著班車，車站突然傳來廣播，我的列車會誤點。

一群人圍著電視議論紛紛，我走過去，看到列車撞擊工程車的即時新聞。

我接到家人的關切電話，租車繞南迴公路到西部，乘坐高鐵回家。

幾天下來，隨著災害現場的搜救，死傷人數漸漸被調查出來，慘烈的畫面在媒體報導下擴散到各界。四十八人死亡，二百一十二人輕重傷，冷冰冰的是數字，但在醫院見多的我知道這些數字背後的生命流逝。有人開始檢討，鐵軌的監測機制及列車保護系統怎麼了？偵測並排除異物，有這麼困難？

輿論對高薪的酬庸職位有所抨擊，長期的惡劣工作環境、安全被漠視的問題再次成為焦點，新聞也詳細報導事故經過、技術細節、各節車廂受到的不同影響、被檢調鎖定的當事人。許多議題被提出，但一週就被其他新聞洗掉。就這樣？這是檢討大規模人禍的態度？

血汗的背後不只犧牲勞工的基本人權，還有社會大眾的安全和生命。然而，國人想的大多還是：以後不要搭最危險的那幾節車廂。

以前，師傅照顧學徒、政府規劃一切；現在，老闆剝削勞工、選民決定政府。向長官請求加薪、對外爭取應有的權益、向政府要求全民所共享的安全，這些上一代可以不會，我們這一代不行。

民主國家，大眾獲得選擇政府的權利，連帶也肩負左右國家路線的責任。將安全的難題推給「公家」而各自另作趨吉避凶的打算叫做「自私」。為了眾人共享的資源，尋求合理的解決方案才是「民主」。

我當然也希望台鐵車票越便宜越好，但我更不想搭血汗列車壓榨勞工，除了擔心有一天意外中一家喪命，最重要的是：

這樣不對。

享受別人服務，就該給予報酬。

索取服務的人也該有良心，付出對方應得的酬勞，這個服務才得以永續、蓬勃發展、越來越好、讓新血投入，後人才得以享用。畢竟資源不是無限的，被取走的無法用愛心填補。

話雖如此，我對鐵路的領域不了解，也不知道該改革的是什麼？利益糾葛下各方立場不同，我也不知道誰說的才是真的？我感到困惑。但我深明值班的壓力、睡眠剝奪的痛苦，他們淚訴的血汗班表我可以體會。如果有管道，我肯定願意瞭解、願意站出來挺台鐵員工。

醫院裡，我也看到許多人的疑惑表情，他們何嘗不是如此？他們對醫療體系的迷惘，如我對台鐵的困惑。行醫時我忙著救人、沒空多解釋，這些事也不是三言兩語就說得清，但我相信，大家如果有機會了解真相，肯定也會站在我們這邊。這些醫界的狗屁倒灶我們也忍很久，只是一直以來不敢說。

問題其實是怎麼說？誰來說？

高層將國家醫療宣傳成尖端科技的太空梭，事實上卻是血汗且事故頻仍的台鐵，以致於國人懷著搭乘太空梭的期待，坐上台鐵車廂質問我們。

如果醫療不要過載，照個腹部X光很快。如果有餘裕穿好防護裝備，而且如果醫療業像腳底按摩或其他服務業一樣可以合理定價而不是被迫做功德，花半小時挖大便沒什麼。如果藥價不被砍到一顆不足十元、甚至不足一元，許多副作用都可以避免。心電圖機器能多貴？如果有資源好好維護、每個病房一台，處於可以正常使用的狀態，做一下有何難？就算不得已加班，加班費可以多少？這些雖然都要錢，但肯定少於醫療體系照顧植物人。

與其醫病雙輸，我們是有機會醫病雙贏的。

可以負擔的範圍內，我也想要用比較好的醫材、藥材，而不是只剩健保偷工減料的選項可以選，而且我想要讓用心精進專業的醫師診治，而不是落到花錢買造假學歷的波波手裡，為什麼要讓政客、讓財團、讓醫師協會的高層漁翁得利？

現代人的健康離不開醫療體系。有一天我父母會需要、我會需要、對我重要的其他人會需要，有能力的話，為什麼要放任少數人糟蹋醫療體系？

我們的醫療體系缺少很多東西，唯獨不缺醫護人員的慈悲心。全球第一的醫療保健指數，功臣不是健保局或衛生部門，而是體系下不斷跟他們對抗、堅定站在人民這邊的醫護。但裡面的人長期被逼到極限，整個體系早就悄悄崩壞，犧牲的是統計數字難以察覺的品質、醫院不敢吐露的黑幕。仰賴著醫事人員們不忍人的愛心，醫療烏托邦的假象還能維持多久？

對於這些弊端，醫師大多都有概念，我跟同業討論過我的理想，多數的回覆類似「你說的這些在現在的醫界，都是最不可能發生的事」。

許多醫師很焦急，認為這些困局沒有出路。但就像治療疾病，拔除弊端也需要一步一步來。

診斷癌症時，第一步就是要告知壞消息，這步不能省，不然病人沒心理準備、本人不清楚狀況，不可能配合治療。

會有家屬希望你不要講，「你說了，他受不了。」

會有人質疑你，「是不是太晚發現？怎麼不早說？」

但沒有這一步就沒有後續的治療。

診斷體系的弊病後，大概也要有人鼓起勇氣、甘冒被抨擊的大不諱、踏出最關鍵的第一步：說出真相。

有了揭露真相的這一步，才可能會有後續的，切除腫瘤的手術、手術後的化療。

最重要的是，就算我們想改變，我們也只是少數人，少數人怎麼跟政客、財團、保險公司、自己人裡當權的那派高層周旋？

怎麼辦？

想改變不是第一天，但以往都不曾想到，今日的靈光一閃算是導師啟發、運氣好。

也許不該再孤軍奮戰。

面對體系和大環境的困局，尋求眾人協助是很好的方向。

可以考慮：請求援助（call for help）。

小百科

職業過勞（burn-out）

長期工作壓力造成的倦怠，症狀包含精神耗弱、對工作感到負面。

第17章 行醫

順遂地往上升，我距離成為總醫師只剩數個月。

划著手機裡唯一的交友軟體——醫師匿名論壇，我瘋狂反串yy、嘲笑內科肥宅韭菜，每天分享練壯心得、闡述我的期待。瘋癲的胡言亂語，為的都是麻痺被工程師女友分手的痛楚。

「你說整晚都在值班，但我打電話去就聽到女生的聲音叫『醫師～sugar want touch!』，糖糖要摸？糖糖是誰！」她問，「難怪你節日、假日都值班，這麼喜歡睡醫院。」

她不相信護理師要我開立sugar one-touch（血糖測量），互相理解似乎還是要找圈內人。

上班、生活都在強忍，我在沒有她的日子裡煎熬著。

人們以為愛的是父母子女，但自古尋短多是為了愛情。初戀失利的我時而萌生輕生的念頭，直到外科系前幾天一位PGY學妹墜樓，教導我人命寶貴。

導師侵犯、上級栽贓，說法不一而足，公關壓下消息，院內耳語流竄，猜疑和恐慌瀰漫。財團的工廠內，畢業即用自己的健康換別人的健康，績效驅使血肉的機器，高壓銷磨自我和人性。一年約略一跳，似乎是生產線上可預期的插曲，特別的生命似乎就該被財團的工廠冷視為殘次品銷毀。

醫界的扭曲，驅趕年輕醫師一批一批逃，有人讀法律研究所，有人讀電資研究所，有人考美國醫師執照，有人傻傻被騙進去，住院醫師生涯奉獻幾年，之後打算離開，改發展別的業務。有人追逐相對不沉重的熱門科，但付出的代價也不菲。圈內周知有女醫師努力數年、即將參加專科考試前，被形勢逼迫交出裸照，不只一位就這樣一步一步、最終成為協會大佬的第二個家庭。

十幾年跟熱門沾不上邊的我們，稍微遠離這些紛擾。內科病房裡，帶狀皰疹是難得的小病，但小病在內科案情也不見得單純。年過半百的台商早年搭上中國的經濟起飛，在那裡建立事業版圖，換了新的豪車豪宅、新的年輕妻子、新的健康腎臟。阿伯人生經歷豐富，病情之外說了許多在中國的奇異見聞。當初腎衰竭原因不明，最近帶狀皰疹年年復發，主治醫師神秘兮兮，吩咐驗人類免疫缺乏病毒（HIV）時我不明所以，看到陽性結果也驚訝不已。明明是腎臟移植過後的病人，我問怎麼可能、為什麼想到，得到的答案不是回家多唸唸書，而是出門多見見世面。

透過交友軟體的相遇越來越多，很快我遇到讓我徹底忘掉過去的女生。跟診所學姊相處的日子不長不短，但充滿共鳴。我得不到救贖的血淚她能理解，她孤獨的道路我非常認同。我們擁有相似的靈魂、契合的胴體，無數熱切的夜晚終身難忘，那些歡欣甘恬的睡眠剝奪、繾綣纏綿的疲倦力竭，她的秀髮我借作圍巾，我的心跳是她入睡的鼓音。千年一遇的她，萬般皆優就是健康習慣不佳，咖啡喝到胃潰瘍、胃鏡做完不吃藥。羨慕她博覽韓劇、可以胡思瞎想到失眠、每天有許多空閒神遊。但糟糕的作息一如時常發作的胃痛，是否都是高壓工作的無奈？

錯開的作息拆散彼此，遙遠的生涯妨礙感情。鑽研醫術、攀登巨塔的過程刻苦艱辛，但更大的代價是機會成本，為求學和事業犧牲的才是最珍貴的。醫師也需要有色彩的生活，才會具備有溫度的人心，但醫學日益專精、勞務卻愈加繁重，各大醫學中心的出品，是廉價量產的開刀看診工具，還是經歷紅塵薰染的入世人醫？

相較以往單調的生活，欲念洗滌讓我體驗許多人享有的人生、更加珍視萬眾的人世一遊，跟過去憐憫的心情不同，我重新思考行醫的價值，醫的不一定要是病，也可以是他人的迷惘。心情會浮動、會被操弄，價值才是多元浪潮裡的明燈。國人慈悲的情感豐沛，對價值的前路看得模糊，心情隨雜亂的資訊搖擺。民意和理想背道而馳也令許多專業領域灰心。

瀏覽眾人沮喪的心聲，醫師匿名論壇裡我胡亂寫一些玩鬧，竟然有人說文筆好？問要不要轉行當作家？

我當少數人亂捧。

即將升任總醫師，自由的時間只會更少。

趁難得晴朗的假日，我一個人到近郊景點閒晃，碰巧遇見也是一個人的高醫陳醫師。

時隔多月，我們自然地聊起最近種種、談及環境氛圍。

幾個月來，疫情衝擊疊加體系原有的沉痾，醫界士氣低迷。輿論混雜、政府惡待，連會長都倒行逆施，腐敗不是一天兩天，醫師的傳統信念面臨挑戰。

幾個月過去，她從醫學系畢業後，在本院升任ＰＧＹ，職場將氣質磨練得更加成熟，也刺激一些她自己的想法。

「過去，醫界進步的方式是自己人關起門來檢討，協會大佬領導一切。但一路走來，大家都發現這樣明顯行不通。到頭來，許多醫界的弊端甚至是醫界高層一手造成的。我們希望享有正常、優質的醫療，免不了要自己爭取。」她說，「其實不見得是壞事。危機可以是轉機，會長該做的沒有做，代表我們可以做。沒有人餵魚，就訓練自己的熊掌強壯。」

「你哲學家？說得太有道理了吧！」

「這是你說過的話。」

她笑一笑後繼續發表看法。

「大家面對的難題，不是誰憑一己之力就能改變。所以，心懷不滿而責怪長官、責怪院長也沒用，他們也只是普通人，跟我們一樣無奈。如果我們也只會把責任推給他們，不就跟那個把難題丟給醫護人員的政府一樣，巨嬰一個？協會會長失職，歸根究柢還是選舉制度設計不良，間接選舉讓高層容易被政客收買、被財團壟斷、被波蘭留學公司把持。過去我們一直走他們的老路，導致現在醫療崩壞、重要的治療沒得用，波波後門也被開了又關、關了又開、開開關關，這個制度已經不能信任。借鑒律師公會，將醫師協會會長改成會員直選才是解方，民主選舉才能避免絕對權力造成絕對腐敗。唯有如此，我們才有機會維護醫療生態。」

我們邊散步，我邊聽她侃侃而談，心頭縈繞著由她之口說出的、我從前也有的體悟。

制度變遷的人口紅利即將結束。體系獲得喘息，亂象的根源卻從來沒有消停。國人共享的醫療，會繼續下墜、還是迎來轉機？怎麼讓屬於我們的、撥亂反正的熊掌茁壯？

沒想太多，匿名論壇上我繼續亂寫，自娛娛人，然後看到有人自稱「粉絲」。

我也開始收到別人聯繫、傳來鼓勵。

自由社會的遊戲規則是，新穎的服務順應呼喚的聲音誕生，隨群眾的認同、隨夥伴的加入壯大。我想為辛勤的醫護發聲、為口不能言的病患請命、為往後也可能躺進加護病房的我們這一代打算，寓教於樂的散文有沒有機會？

當作被騙、被同行慫恿，我開始整理想法、構思故事、想一個筆名、尋找體系內外的盟友，並跟他們說，「請加入我們！來重塑這個體系！」

尾聲

繞了一圈，又坐在這裡，我感慨萬千。

當初，結束三年內科住院醫師訓練，我選擇學問和業務靈活、師長們皆慈祥而睿智的次專科。訓練次專科那兩年我擔任總醫師，本來要偷偷用筆名出版第一本雜記，由我的住院醫師經歷匯集而成，揭露醫療體系的荒謬。志同道合的同業當然會支持，但針砭時弊的內容讓我猶豫，會不會引起既得利益者撻伐？是否會遭遇高層封殺？哪天我的醫療糾紛案件被送到法庭醫審會，會不會落到波波父母的手裡？

具議題性的題材可以帶來一定銷量，卻只會是眾多醫療散文的其中一本。醫師讀者應該更多，寫實的內容能讓他們看完後，在論壇討論一段時間。但現實醫界，除了無休止的內鬥，肯定還是一片祥和。國人關注的焦點，也只會是明星歌手的離婚風波、哪位政客再次失言，最近網路上流行的話題是怎麼擠男朋友的青春痘。

我放棄書寫社會議題的作家夢，繼續埋首醫院兩年。

考到次專科執照隔天，我向仰慕的師長們提出辭呈，放棄在頂尖醫學中心才得發揮的武功、及成長到他們所在高度的可能。主任似理解我的掙扎，慈眉善目詢問是否要介紹職缺，一如往常體恤照顧。

我在醫學中心以外的紅海更辛苦地廝殺五年，才另闢蹊徑，開了心目中理想的診所，按對得起我良心的合理方式，暖心服務信任我的病人，為他們的病情帶來希望。在當地站穩腳跟之後，我僱用更年輕的醫師後進分擔診次，也計畫傳授我的行醫方式。

生活步調逐漸慢下來。

我認為時機成熟，重新聯絡當初的編輯，再次翻出當年的稿件。多了幾年歷練，我將年輕時的寫作方向調整得更和諧一些，同時策畫第二本、構思第三本。這個系列承載我想傳遞給這個時代讀者的訊息，我影響價值體系、改變眾人觀念、反轉醫療環境的雄心。

三十七歲生日剛過，第一本書的大綱定型，完工已經指日可待，我卻在自己的上腹摸到腫塊。

錯覺吧？應該過幾天會消？原本想忽視它，卻在研討會上被同行認出黃疸，強迫我不得不面對。鏡子裡，臉龐的肌膚透著一絲若有似無的亮黃光澤，隨著一天一天過去，愈來愈濃厚。

出現在擇安的門診後，我當天就排到腹部電腦斷層，檢查做完隨即被帶來會議室，再次坐到這裡。

住院醫師帶著厭世的倦容走進來，在電腦前坐下，開啟投影機和播放影像檢查的電腦程式。跟著進來的三位醫學生不知道該坐哪，怯生生地站在一旁。

我沒想到這麼快以這樣的身分回到這個地獄。他們都是曾經的我，近年醫界變動劇烈，有好有壞，但這地獄還是我不滿的那幅光景。

我清楚這家醫院雖已全國頂尖，其實也不怎樣，就只是國家保健體系的縮影，但主治醫師擇安是熟悉的好同學、曾經的好同事，深受我信任。我賭他團隊裡的住院醫師一樣敬業。如同過去的我，住院醫師肯定難過被國家社會漠視，我祈禱他多多垂憐、贈送慈悲奉獻。

會議室的場面我見過太多，只是以往我都坐在電腦旁、醫生坐的位置上。房間正中央的病人角度看過去，好像沒多少差別？

擇安的聲音從門外傳來，聽起來在講電話。

我感到口乾舌燥，謎底就要揭曉。

自己的身體我心裡有數。心臟一下一下，規則穩定跳動，約每分鐘八十跳，每一跳都震耳欲聾，他是否也感應到潛藏體內的威脅？

可能感受到我的緊張，身旁的妻子握住我的手輕拍安撫。我轉頭凝視這位被我的追求打動、選擇我之後一路相伴的女人，深感歉疚，我會不會辜負她？她懷裡的一歲女兒用晶瑩的眼珠瞧著我，唱著謎一般的童言稚語，那爛漫的笑顏讓我著迷，我看到跟愛侶相似的容貌。她是掠奪睡眠的野獸，是我們珍愛的天使。

擇安走了進來，親切地打招呼，充滿關懷地問候我——的妻子。

感覺不妙的同時，我克制不住翻了翻白眼。他看到的大概是可能行將就木的我，和有資格成為原告的我配偶。我是否所託非人？

似乎察覺到我的敏銳，擇安一臉尷尬，我們心照不宣。

「把片子打開吧。」他說。

日理萬機的住院醫師迫不及待點開電腦斷層影像，電腦風扇發出高速轉動的噪音，程式的進度條一格一格顯示畫面載入的進程。

眾人靜靜等待，聽硬碟被讀取的滋滋聲迴響整個房間。

一秒如永恆。

百無聊賴，我低頭思量，我有太多想法還沒寫，心中暗暗下了決定，回去就抽空大修書稿，將原本的雜記改寫成回憶錄，道盡我的見識，傳遞醫人醫國的意志。

驀地，光線閃動。

反射自塑膠地板的明亮，昭示著影像畫面已顯現出來。

深吸一口氣，我抬頭望向投影幕。

後記

小白

直到不久前，我還沒想到會有這一天，總結著歷歷在目的往事，更沒想過會這樣就把身體交還到醫院手中，病人的身分讓我不由自主回想起過去行醫的點點滴滴。

許多患者都曾有不愉快的就醫經驗：病痛纏身、四處就醫，疾病卻得不到診治；迷宮一樣的醫院對情緒低落、行動不便的患者不夠溫暖、友善；多重疾病讓患者在多科醫師的診間來回求診。其實，醫療體系的不足都好解決，許多狀況在過去甚至不存在。只是制度曾經運作順暢、發揮功能時，人們大多不會察覺，制度被破壞、問題浮出水面，大眾才開始有感。對於這些缺陷，我當醫生時從來不是不懂，只是醫師在這個被扭曲的生態下跟病人一樣無奈。

制度破壞要從醫師的起源說起。

醫學的專業養成漫長，從學生時期開始，刻苦進修十五年的醫師才堪稱入門，才足以勝任醫學的重擔，其中的困難、艱辛外人難以想像，複雜的學問也難三言兩語說明白，所以最早的醫師效法手工藝師傅組成「行會」。

行會由手工藝師傅們組成，宗旨是把關手工藝品質、維護社會對這門手藝的信任，因為非內行人難以看破其中奧秘，資訊不對等讓人民無從分辨技術優劣，鐵匠、銕匠、珠寶匠都是這樣的行業。以鐵匠為例，刀、劍、盔甲都能製作得賣相很好，但冶煉不良的金屬脆弱易碎，不成熟的鍛造技術讓焊接處不穩固，人民無法區分個別鐵匠的手藝優劣時，只會認為鐵製的器具不堪用，鐵製的兵器不能打仗。醫療服務雷同，許多方式都可以讓人滿意當下的服務，但不是每一種都對健康有好處，如第十三章裡縫合方式不正確的子宮肌瘤切除術。為使不肖之徒不得假冒專業、以次充好、敗壞群體名聲，手工藝師傅們組成一榮俱榮、一損俱損的組織，分享共同的名字。在醫療這一行，這個名字就是「醫師」。

以醫學生招收名額為例，行業為了維持供需市場健全、同時保障成員磨練技藝所付出的心血，而管制總量。直覺會以為，醫生數量更多，醫療服務會更方便、更便宜、更能遍及偏鄉，是好事。事實卻是，當醫療便宜得難以為繼，再用供過於求的方式壓低服務價碼，結果會是惡性競爭，讓行會成員更無心為廉價得不合理的服務刻苦進修、更無力維持以往的服務品質，因為是人都會需要休息，過度操勞都傷害身體。

醫師的行會演變到現代成為「醫師同業公會」、「醫師協會」。這個制度遭受諸多批評，因為其中有壟斷的特質，但也博得社會信任、閃耀應有的價值，因為優質的技藝得以傳承。結果是現代醫學在各國開枝散葉、發揚光大，醫界檢討案例的傳統持續改進診治病人的環節，流行病學的觀察不斷早期發現並避免疾病。共存共榮的動機之下，品質被維護得很好。

然而，這樣的體系在本土經不起最近十多年來的破壞。

第一層破壞是，醫療的公共性被醫師協會的高層中飽私囊，行會成員勤奮經營的成果被他們的波波子女寄生。醫師協會的高層聯手政客修法開後門，不需努力即可獲得學歷的漏洞漸漸廣為人知，成為家長花錢讓浪子回頭的便捷手段。這些合法密醫被外國法律禁止在當地執業，回國後也偷工減料、削價競爭，所造成的危害不只是無辜的性命枉逝、國人的病痛得不到診治，還有行會功能被破壞，品質得不到把關、行業的健全得不到維護。十多年來，他們的人數慢慢多起來，整體醫療的品質也不斷向下沉淪，讓瞭解內情的外人更不可能支持這樣的行業。

從源頭克服第一層破壞的方式是協會會長直選，用民主制衡來防範絕對的權力造成絕對的腐敗。

第二層破壞是，政府和民間在該投資的領域吝嗇、在不該投資的項目糊塗，而且罔顧專業領域的科學證據。

以偏鄉或救命的重症單位為例，這些地方缺的從來不是醫生，而是資源。沒有資源什麼都缺，缺器材設備、缺各職類醫療人員，想解決撥預算都可以解決。政府和民間不斷用撥預算以外的方式——例如脅迫——嘗試改善這些問題，結果反而加速這些地方人才流失。追溯醫療體系的官僚作法，根源也是政府和民間的逼迫。用勒索的方式讓醫護人員就範，典型的結果就是疫情期間官員的作法，社會為這種作法起了一個名字——蓋牌，不發現問題就不用解決問題。儘管過去十多年來各職類醫療人員數量一直在成長，缺資源的地方人力一樣一直在萎縮。這是大環境壓迫體系內小螺絲所造成的結果。那些將慈悲奉獻、愛心助人掛在嘴邊的人如果進入同樣的體系，也會面臨同樣的壓力，演出類似的行為。削減醫療服務的價碼，就是在貶低人命的價值。

那政府或民間有救治患者的預算嗎？政府挹注許多預算在一直都是半成品的核電廠、在許多不適合本國環境的發電方式、在許多耗費巨資最後卻沒有用途的建設、在採買未達合格標準的疫苗和藥物。民間的慷慨則僅限於捐獻給宗教團體，迷信對健康沒有好處的各路補品藥丸。選擇將預算挪作這些用途而不是救治患者的結果，可以想見，就是長期下來救治患者的領域持續凋零。

至於預算該怎麼分配在醫療領域，怎麼減少醫療支出的同時增進國民健康，甚至怎麼避免醫療錯誤，理想作法早已被研究得很透徹了。疫苗、藥物的及格線就是，將數百位患者隨機分成兩組，接受產品組別的命運（住院率、死亡率、染病率、生病後康復的速度）優於安慰劑（不含任何有效成分的空包彈）組別。甚至，各科別的醫師是否能勝任診斷和治療的重任，也不斷被科學證據檢視。例如，讓醫師的肉眼辨識疑似皮膚癌的圖像，再將疑似皮膚癌的組織送病理化驗、確認是否為皮膚癌，最後用病理化驗的答案檢視專科醫師的正確率是否勝過非專科醫師。各科別醫師治療各科別患者也類似，專科醫師與非專科醫師治療患者的品質也不斷被比較。全世界多數國家的醫療保險或主管機關都只會認可有科學證據支持的藥物和科別。只有在取得藥物的成本、訓練專科醫師的成本過於昂貴時，才會採用退而求其次的作法。

第三層破壞是，官員怠於承擔義務，將提供醫療與社會福利的責任推卸給醫師。醫師協會的高層進一步將這些責任推卸給第一線年輕醫師，換取個人從政的機會。社會大眾看不透這層「卸責鏈」，或是純粹欺善怕惡，媒體報導也時常挑起社會對醫界的仇視，國人注目的議題則大多是被拋出來的煙霧彈。如果新聞選擇性報導一個職業的感情糾紛、「浮報」健保、工作輕鬆且不需終身學習，用誇大不實的薪資行情勾起仇富心理，內容偏頗而不尊重這個職業，結果只會是越來越多人看清時局而選擇放棄這個產業。

克服第二、三層破壞需仰賴醫療服務使用方的精明。

面對這些制度破壞，政客和醫師協會高層的作法一直都是：隱瞞學徒成為師傅後專業價值不被尊重的險惡體系，用假新聞欺騙年輕人繼續投入這行，然後用道德綁架忽悠被騙進來的學徒，讓他們認為在惡劣環境下達不到標準是自己沒「醫德」。而奉獻在這一行的同時，學徒放棄了培養其他謀生手段的機會。當學徒進修到成為師傅後得知真相，只能在醫療業忍受官僚主義。而隨著資訊發達，學徒提早得知真相，越來越多學徒不再認為值得全心投入這個領域。但被誤導的群眾仍然以為問題是「品德」，而不是制度和專業價值的破壞。

類似的情形不只發生在醫師的專業，國家這樣的發展方向留不住人才。我國的高齡化和人口負成長跟已開發國家不同，而是跟人口外移的偏鄉雷同，努力進修的年輕人因為有志難伸而不斷外流至世界各地尋求發展。

當年，我開創診所自立門戶，正逢輿情對醫療的看法悄悄轉變，醫病雙輸的局面被越來越多人看見。面對這些有所察覺的患者，我從他們的困惑出發，介紹現代醫學的價值，並邀請他們合作，得到程度不一的反響。第一位之後，可以理解的人陸陸續續加入，人數還漸漸多了起來，他們盼望著我所畫出的雙贏願景。

無奈世事無常。

決定著手回憶錄之前，我尚未意識到自己在吹哨，將少數人製造的社會問題揭露給公眾。而下定決心出版這本回憶錄，一方面，雖然擔心被既得利益者報復，另一方面，精神因肉體而被病痛束縛，來日不可知，此時不做，更待何時？有人開第一槍，才會有同志響應，讓我們的主張被聽見。

過程中，我們接受很多人的幫助，尚需感謝的還有我的父母、妻子、女兒、黃編輯、蘇醫師、一直以來都慈悲奉獻的醫護同仁、教導過我的諸多師長前輩。沒有他們，我們在這條路上走不到現在的一半。

最感謝時間魔術師花許多夜晚傾聽我的陳述、用巧妙的文筆將我的故事說得高潮迭起，在那一刻一天一天迫近的日子裡，承接我的心願，下筆實現這部作品，把我的平凡人生寫得引人入勝。

作者的話——時間魔術師

作為新手作家，我期待與讀者一同探討文字的魅力。中文的歷史悠遠，在外文和影音作品的競爭下，仍然是獨特而有潛力的創作媒材，很少語言身懷如此豐厚的積累。中文之美被一再詮釋千年，至現代依然可以被持續玩味出新意，希望讀者也賞玩文字有得。

作為醫生行醫，我看到很多難在短時間內向患者、家屬說明清楚的細節。就是因為環境不允許、加上正確觀念難簡單解釋，讓徬徨、疑惑成為醫療現場的主調。

所以，主角小白的內心戲，一方面呈現內科醫生頭殼下的專業價值，一方面帶領讀者一窺內行人看的門道，這些被融入故事情節的醫學通識包括：控制慢性病可以預防嚴重後果；維生醫療的正確用法；急救措施需要轉換成長期照顧計畫；家屬和醫療團隊可以合作增進患者的福祉；急診的任務是跟黃金搶救時間賽跑；相較於偏方，正常流程上市的藥物有肯定的療效和安全性；常見疾病的基本介紹；如何精明而有效率地使用醫療體系，等等。

這些是作者的心意。

若有一天遇到自家人在醫療市場游移、需要在白色叢林求生，希望小白的見識有助於讀者把雙眼擦拭得明淨。

同在白色叢林求生的還有醫護人員。

身為同業，我對小白這樣的醫師非常尊敬。正是盡心盡力、有所堅持的良心，讓白醫師在荒謬的工作環境感到痛苦。

這樣的醫師不在少數，令人心疼、值得推崇。白醫師的掙扎我很認同、醫界的心聲我都理解，紀錄這些偉大的前輩和同業也是本書的初衷。除此之外，醫療的大部分工作少不了護理師的協助。有愛心而且堅定守護患者的護理師、醫師非常多，我不希望他們被埋沒。

這部寫實的作品裡，我還是盡可能不帶偏見地描繪其他類型的醫生。一樣米養百樣人，醫師也不例外。醫師之中也有在環境中堅持不住的，平凡人多如此，而世上最多的就是平凡人，所以我認為這無可厚非。對於許許多多社會議題，平凡人能做的就只是嘆息一聲，「無奈社會本來就不公平。」

我認為不可取的是，專業人員能力不合格不但不思進取，還熱衷於內鬥離間、造謠生事，或滿口仁義道德卻名不副實、沽名釣譽。這些人的惡行不被世人所知的同時，還常坐擁大群不知情的支持者。環境裡只要有一小撮這類人，加上聽什麼信什麼的多數人，就足夠興風作浪、顛倒是非，讓善良之人離去。

面對這樣的局面，每一分改革的助力都十分可貴，也有無數人的義舉令人感動。這些心意都有收到。

《白醫師回憶錄》觸碰到許多重要議題。

收錄這些聲音，以私人感情來說，是支持我所欣賞且同情的小白醫師、回應他的殷殷企盼；以志向來說，是我想嘗試跳脫醫病關係，以具備專業的第三方服務，期望醫療可以永續。

從白醫師的故事可以發現，醫、病的角色，提供醫療服務之人、使用醫療服務之人的身分，並非不變。提供服務之人，如醫護人員，立場通常偏向勞方，使用服務之人，如非醫療業社會人士，立場通常偏向資方，但不管是醫護人員還是社會人士，都有人站在資方立場、有人站在勞方立場。當一些年長醫師和非醫療業人士希望年輕醫護人員盡可能無償加班時，這樣的消費者立場跟資方是一致的。當代表消費者的人民團體選擇跟政府、財團形成盤剝勞力的聯盟，這些人加入的是資方陣營。

這令人聯想到天堂、地獄、筷子的故事：天堂和地獄的餐桌上，菜色一樣豐盛，筷子的長度都超過兩米。天堂的人夾菜給對面的同伴，餐桌上的人都吃飽喝足，眾人共享盛宴。人是社群的動物，本來就需要互相幫忙。地獄的人夾菜給自己，兩米長的筷子卻搆不著，試圖喊話別人夾菜過來也常不成功，因為人本來就自私，而且不容易受騙。結果豐盛的餐桌坐了一圈地獄裡的餓鬼，拿筷子大打出手。

現實中，餐桌上坐的就是各行各業的勞資雙方。

勞資立場不一定要對立，銀貨兩訖的勞資關係是可以互惠雙贏的。資方陣營用約定好的報酬換取勞方陣營有良心的服務，雙方皆履行盟約、雙方都得到滿意的結果，大家享受餐桌上的菜餚。

天堂的同伴能從對方立場考慮，富有同理心。

然則，現實多的是囚徒困境裡的另外三種結局：總會有至少一方選擇背叛盟約、少夾一點菜過去。

如果背叛的是資方陣營，享受服務後欠薪賴帳、剋扣尾款，甘願積極服務並堅持良心的勞方陣營就會少。

如果背叛的是勞方陣營，把持行業的權貴幫子女開後門、寄生其中，資方陣營也會開始懷疑而不願意支持這個職業。

如果雙方都背叛，雙方都得到最差的結果，勞方陣營不滿意報酬、資方陣營不滿意服務，猶如坐在地獄餐桌、因自私而雙輸的餓鬼。

一次買賣的情況下，雙方難免都想背叛，畢竟此次買賣結束之後沒有下次，如果對方老實履約，背叛那方的確可能佔到便宜。

長期、多次買賣卻是雙方都履約更符合本身利益。畢竟如果此次選擇背叛，下次對方一定不會再上當，結果只會是下次之後的每一次，雙方皆不願意吃虧、雙方皆選擇背叛、雙方皆佔不到便宜、雙方皆不滿意結果，長期下來，都是地獄裡的餓鬼。

這樣的合作不能永續。

其實，不管立場如何，從自私的動機出發都有聰明的作法。資方陣營想要滿意的結果，聰明的作法是適度地慷慨，為提供服務方的產值建立合理獎勵機制。勞方陣營想要滿意的結果，聰明的作法是團結維護產業水準，保障使用服務方享有的品質。長期、多次買賣只要回到原本的盟約，用過去幾次如約履行、不曾背叛的合作紀錄取信彼此，雙方都樂意繼續雙贏，成為天堂裡皆豐衣足食的同伴。

維護一張天堂的餐桌不被地獄的用餐方式破壞，雙贏的合作才可能永續。

地獄的餐桌則如眾所周知一般，資方陣營試圖用話術、空頭支票或感情勒索代替付費。例如一些企業老闆挽留人才的方式是鼓吹，要有江湖道義、要培養利他精神、工作雖然血汗但是富含成就感、這份工作有學習價值和升遷希望所以不要在意薪資、其他行業過更慘，等等。例如一些社會人士、政府高官、不再第一線行醫的醫生挽留醫護人員的方式也是宣揚，第一線行醫雖然血汗但是富含助人之樂、其他行業過更慘。

地獄餐桌的勞方陣營則不知維護環境健全、不知推廣產業價值、把持行業讓子女寄生。例如《白醫師回憶錄》裡的醫師協會，無視產業亂象、默許權貴走後門。

白醫師的故事中，我彷彿看到囚徒困境裡得到雙輸結局的兩方，坐在地獄裡的餐桌，但雙贏的可能性是存在的，天堂的餐桌沒這麼遙遠。

我下筆的此刻，正逢韓國醫師集體辭職。韓國政府批評韓國醫師以病患生命為籌碼罷工。韓國醫師則主張辭職不是罷工，增加醫學生總量的政策不能改善重症單位的血汗，也不能改善重要崗位入不敷出、人丁凋零。政策的唯一贏家不是醫生、不是患者，而是形象偽裝成醫院、因人事成本降低而獲利的韓國財團。韓國患者的不幸則為全世界示範醫病雙輸的慘烈結果。

如果我是韓國人，我覺得合理的作法是支持可以永續的醫療，朝天堂的餐桌努力。這已經不是韓國醫界第一次勞工運動，二十多年前就開始了。二十多年來，韓國政府對醫生不乏道德綁架、情緒勒索的喊話，但地獄餐桌上的爭吵收效甚微，醫療環境依然越來越差。現實真的如餐桌推理所描述，騙對方夾菜過來的買賣只能做一次，不能惠及未來幾十年所有需要醫療的大眾。此次集體離職的果就是過去二十多年種的因。一個嘗試二十多年都沒有成果的作法，也許該考慮調整方向。

不論現實的韓國政府、故事的醫師協會會長，只有幾年任期的領導者時常目光短淺，偏好地獄餐桌的作法，以維護短暫任期內金玉其外的表象。未來很長一段時間需要使用醫療的韓國人或年輕人若也信仰地獄餐桌的作法，肯定是站錯邊。

目光長遠的領導者則會經營天堂的餐桌，促成雙贏的長期合作，追求可以永續的醫療。

很多人以為天堂遙遠，天使、貴人稀有，我卻認為天使、貴人常有，識人的慧眼稀有。更廣泛地說，餐桌就是人脈、人際關係，我們不能決定最初的餐桌坐什麼樣的朋友，但可以決定往後找誰一起吃飯。如果樂於慷慨助人、夾菜給對方，自然會吸引到也願意夾菜過來的同類，自然能識別同樣身為天使、貴人的同伴。如果遇到來自地獄餐桌的人不願意夾菜過來、卻喊話我們夾菜過去，我們沒辦法改變他，換一張餐桌吃飯即可。或許懷揣夾菜給對方的同理心，人人都可以如我和小白一般，識出幫對方夾菜的天使。

書寫《白醫師回憶錄》是休閒、是緣分、更是榮幸，出版形式是虛構小說。希望讀者同情地獄餐桌上的掙扎，珍惜天堂餐桌的佳餚。

白醫師回憶錄

作者　時間魔術師

責任編輯　黃恩霖
裝幀設計　井十二設計研究室
印刷　漢藝有限公司

初版一刷　2025/02
定價　NT$380
ISBN　978-626-99174-3-3（平裝）

出版者　游擊文化股份有限公司
網站　https://guepubtw.com
電郵　guerrilla.service@gmail.com

總經銷　前衛出版社 & 草根出版公司
地址　臺北市(104)中山區農安街 153 號 4 樓之 3
電話　02-2586-5708
傳真　02-2586-3758

國家圖書館出版品預行編目(CIP)資料

白醫師回憶錄

時間魔術師著——初版——
台北市：游擊文化股份有限公司
2025.02

304 面；14.8 × 21 公分

ISBN978-626-99174-3-3(平裝)

863.57　　113018780

游擊文化｜臉書專頁

Doctor White's Memoir

Time Magician

Guerrilla Publishing Co., Ltd.